Oeuvres de Marcel

Volume 2

La lampe de Psyché
Il libro della mia memoria

Marcel Schwob

Alpha Editions

This edition published in 2024

ISBN : 9789366387697

Design and Setting By
Alpha Editions
www.alphaedis.com
Email - info@alphaedis.com

As per information held with us this book is in Public Domain.
This book is a reproduction of an important historical work. Alpha Editions uses the best technology to reproduce historical work in the same manner it was first published to preserve its original nature. Any marks or number seen are left intentionally to preserve its true form.

Oeuvres de Marcel Schwob
Volume 2
La lampe de Psyché
Il libro della mia memoria

τέττιξ, διόπτρον, ἄνθος

PROLOGVE. Le poète Herondas, qui vivait dans l'île de Cos sous le bon roi Ptolémée, envoya vers moi une fluette ombre infernale qui avait aimé ici-bas. Et ma chambre fut pleine de myrrhe; et un souffle léger refroidit ma poitrine. Et mon cœur devint pareil au cœur des morts: car j'oubliai ma vie présente.

L'ombre aimante secoua du pli de sa tunique un fromage de Sicile, une frêle corbeille de figues, une petite amphore de vin noir et une cigale d'or. Aussitôt j'eus le désir d'écrire des mimes et mes narines furent chatouillées par l'odeur du suint des laines nouvelles et la fumée grasse des cuisines d'Agrigente et le parfum âcre des étals de poisson à Syracuse. Dans les rues blanches de la ville passèrent des cuisiniers haut retroussés, et des joueuses de flûte aux gorges savoureuses, et des entremetteuses aux pommettes ridées, et des marchands d'esclaves aux joues gonflées d'argent. Par les pâturages bleus d'ombre glissèrent des pâtres siffleurs, portant des roseaux luisants de cire, et des pétrisseuses de lait couronnées de fleurs rousses.

Mais l'ombre aimante n'écouta point mes vers. Elle tourna sa tête dans la nuit et secoua du pli de sa tunique un miroir d'or, des pavots mûrs, une tresse d'asphodèles, et me tendit un des joncs qui croissent sur les bords du Léthé. Aussitôt j'eus le désir de la sagesse et de la connaissance des choses terrestres. Or je vis dans le miroir la tremblante image transparente des flûtes et des coupes et des chapeaux à haute pointe et des visages frais aux lèvres sinueuses, et le sens obscur des objets m'apparut. Puis je m'inclinai sur les pavots, et je mordis les asphodèles, et mon cœur fut lavé d'oubli, et mon âme saisit l'ombre par la main afin de descendre vers le Ténare.

L'ombre lente et fluette me conduisit beaucoup parmi l'herbe noire des enfers, où nos pieds se teignaient aux fleurs du safran. Et là j'eus le regret des îles dans la mer pourprée, des grèves siciliennes rayées de chevelures marines et de la lumière blanche du soleil. Et l'ombre aimante comprit mon désir. Elle toucha mes yeux de sa main ténébreuse et je vis remonter Daphnis et Chloé vers les champs de Lesbos. Et j'éprouvai leur douleur de goûter parmi la nuit terrestre l'amertume de leur seconde vie. Et la Bonne Déesse donna la taille du laurier à Daphnis, et à Chloé la grâce de l'oseraie verte. Aussitôt je connus le calme des plantes et la joie des tiges immobiles.

Alors j'envoyai vers le poète Herondas des mimes nouveaux parfumés du parfum des femmes de Cos et du parfum des fleurs blêmes de l'enfer et du parfum des herbes souples et sauvages de la terre. Ainsi le voulut cette fluette ombre infernale.

le cuisinier

μάχαιρα

MIME I. Tenant ainsi un congre d'argent, et de l'autre main mon couteau de cuisine à large lame, je reviens du port à notre maison. Celui-ci était pendu par les ouïes à l'étal d'une marchande aux cheveux luisants, parfumée d'huile marine. Avec dix drachmes, j'achetais ce matin le marché aux poissons: sauf le congre, il n'y avait que de petites limandes, des anguilles maigres et des sardines qu'on ne donnerait pas aux hoplites des remparts. Cependant je vais l'ouvrir; il se tord comme la lanière d'un fouet de cuir; puis je le tremperai dans la saumure et je promettrai la fourche aux enfants qui allument le feu.

—Apportez le charbon! soufflez sur la braise: elle est de peuplier; ses étincelles ne vous donneront pas la chassie. Voyez, votre tête est vide comme la vessie gonflée de ce congre: le mettrai-je à terre? Donnez-moi une claie. Allez aux corbeaux! Cette sauce ne vaut rien, Glaucon: j'en ferai emplir ta bouche, quand tu seras en croix. Puissiez-vous tous éclater comme des ventres de truie bourrés de farine grasse! Les anneaux! les crochets! Et toi, bien que tu lèches les mortiers jusqu'au fond, tu as encore laissé de l'ail broyé d'hier! Que le pilon t'étouffe et t'empêche de répondre!

Ce congre aura la chair douce. Il sera mangé par des convives délicats: Aristippe, qui vient couronné de roses, Hylas, dont les sandales mêmes sont teintes de poudre rouge, et mon maître Parnéios aux agrafes d'or repoussé. Je sais qu'ils frapperont dans leurs mains en le goûtant, et ils me permettront de rester, appuyé contre la porte, pour voir les jambes souples des danseuses et des citharistes.

la fausse marchande

ἔγχελυς

MIME II. α Je te ferai frapper, oui, frapper de verges. Ta peau sera couverte de taches comme un manteau de nourrice.—Esclaves, emmenez-la; battez-lui d'abord le ventre; retournez-la comme une limande, et battez-lui le dos! Écoutez-la; entendez-vous sa langue? Ne cesseras-tu pas, malheureuse?

β Et qu'ai-je fait, pour être livrée aux sycophantes?

α C'est une chatte qui n'a rien volé; elle veut digérer à son aise, et se coucher moëlleusement.—Esclaves, emportez ces poissons dans vos paniers.—Pourquoi vendais-tu des lamproies, puisque les magistrats l'ont défendu?

β J'ignorais cette défense.

α Le crieur public ne l'a-t-il pas annoncé à haute voix dans le marché, en commandant: «Silence»?

β Je n'ai pas entendu le «silence».

α Tu railles, coquine, les ordres de la cité.—Cette femme aspire à la tyrannie. Dépouillez-la, que je voie si elle ne cache pas un Pisistrate.—Ah! ah! tu étais femme tout à l'heure. Voyez donc, voyez donc. Assurément voilà une marchande d'une espèce nouvelle. Est-ce que les poissons te préféraient ainsi, ou bien les acheteurs?—Laissez ce jeune homme tout nu: les héliastes jugeront s'il doit être puni pour vendre à l'étal des poissons interdits, habillé en femme.

β O sycophante, prends pitié de moi et écoute. J'aime à la mort une jeune fille qui est gardée par le marchand d'esclaves des Longs-Murs. Il veut la vendre douze mines, et mon père refuse l'argent. J'ai trop rôdé autour de la maison, et on l'enferme pour m'empêcher de la voir. Tout à l'heure elle viendra au marché avec ses amies et son patron. Je me suis ainsi déguisé pour pouvoir lui parler; et, afin d'attirer son attention, je vends des lamproies.

α Si tu me donnes une mine, je ferai saisir ton amie avec toi, lorsqu'elle achètera ton poisson, et je feindrai de vous dénoncer tous deux, toi comme vendeuse, elle comme acheteuse; puis, enfermés chez moi, vous raillerez jusqu'à l'aube prochaine le marchand avide.—Esclaves, rendez sa robe à cette femme—car c'est une femme (ne l'aviez-vous pas vu?) et ses lamproies sont de fausses lamproies—par Hermès, ce sont de très grosses anguilles luisantes (ne pouviez-vous pas me le dire?).—Retourne, insolente, à ton étal, et garde-toi de rien vendre, car je te soupçonne encore.—Voici la jeune fille; par Aphrodite, ses reins sont souples; j'aurai une mine, et peut-être, en effrayant ce jeune homme, la moitié d'un lit.

l'hirondelle de bois

χελιδών

MIME III. Ouvre-nous! enfant, enfant, ouvre-nous! Ce sont les petits de l'hirondelle de bois. Elle est peinte, la tête rouge et les ailes bleues. Nous savons que les vraies hirondelles ne sont pas ainsi; et, par Philomèle, en voici une qui tire sa ligne dans le ciel; mais la nôtre est en bois. Enfant! ouvre-nous, ouvre-nous! enfant!

Nous sommes ici dix, vingt et trente qui portons l'hirondelle peinte pour vous annoncer le retour du printemps. Il n'y a pas encore de fleurs, mais recevez ces rameaux blancs et roses. Nous savons que vous faites cuire un estomac farci, des bettes au miel; et votre esclave a acheté hier des loirs pour les confire dans le sucre. Gardez votre festin; nous demandons peu de chose. Des noix frites! des noix frites! Enfant, donne-nous des noix! donne-nous des noix, enfant!

L'hirondelle a la tête rouge comme l'aurore nouvelle et les ailes bleues comme le ciel du nouveau mois. Réjouissez-vous! Les portiques donneront de la fraîcheur et les arbres peindront leur ombre sur les prairies. Notre hirondelle vous promet beaucoup de vin et d'huile. Versez l'huile de l'année passée dans nos cruches, et le vin dans nos amphores; car—écoute, enfant—l'hirondelle dit qu'elle veut en goûter! Verse le vin et l'huile pour notre hirondelle de bois!

Vous avez peut-être autrefois, quand vous étiez enfant, mené l'hirondelle comme nous. Elle fait signe qu'elle s'en souvient. Ne nous laissez pas devant votre porte jusqu'aux torches de ce soir. Donnez-nous des fruits et des fromages. Si vous êtes généreux, nous irons à la maison prochaine, où demeure l'avare aux sourcils rouges. L'hirondelle lui demandera son plat de lièvre, sa tarte dorée, ses grives rôties, et nous le prierons de nous jeter des pièces d'argent. Il haussera les sourcils et secouera la tête. Nous apprendrons à notre hirondelle une chanson dont vous rirez. Car elle sifflera par la ville l'histoire de la femme d'un avare aux sourcils rouges.

l'hôtellerie

κόρεις

MIME IV. Auberge, pleine de punaises, le poète mordu jusqu'au sang te salue. Ce n'est pas pour te remercier de l'avoir abrité une nuit, au bord d'un chemin obscur; la route est boueuse comme celle qui mène chez Hadès—mais tes grabats sont cassés, tes lumières fumeuses; ton huile est rance, ta galette moisie, et, depuis l'automne dernier, il y a des petits vers blancs dans tes noix vides. Mais le poète est reconnaissant aux vendeurs de porcs qui venaient de Mégare à Athènes, et dont les hoquets l'empêchèrent de dormir (tes cloisons, auberge, sont minces), et il rend grâce aussi à tes punaises, qui le tinrent éveillé en le rongeant tout le long du corps, tandis qu'elles avançaient par bandes pressées sur les sangles.

Car il voulut, faute de sommeil, respirer par une baie de la muraille la lumière blanche de la lune, et il vit un marchand de femmes qui frappait à la porte, très tard dans la nuit. Le marchand cria: «Enfant, enfant!» mais l'esclave ronflait sur le ventre et de ses bras croisés bouchait ses oreilles avec la couverture. Alors le poète s'enveloppa d'une robe jaune, dont la couleur était celle des voiles de noces; cette robe teinte de crocos lui avait été laissée par une jeune fille joyeuse, le matin où elle s'était enfuie, vêtue du manteau d'un autre amant. Ainsi le poète, semblable à une servante, ouvrit la porte; et le marchand de femmes fit entrer une troupe nombreuse. La dernière jeune fille avait les seins fermes comme un coing; elle valait au moins vingt mines.

—O servante, dit-elle, je suis lasse; où est mon lit?

—O ma chère maîtresse, dit le poète, voici que tes amies sont couchées dans tous les lits de l'auberge; il ne reste plus que le grabat de ta servante; si tu veux t'y étendre, tu es libre.

L'homme misérable qui nourrissait toutes ces fraîches jeunes filles éclaira le visage du poète avec la grosse mèche de la lampe, couverte de lumignons; et comme il aperçut une servante ni trop belle ni trop soignée, il se tut.

Auberge, le poète mordu jusqu'au sang te remercie. La femme qui coucha cette nuit avec la servante était plus molle que le duvet d'oie, et sa gorge parfumée comme un fruit mûr. Mais tout cela fût resté secret, auberge, sans le bavardage criard de ton grabat. Le poète craint que les petits porcs de Mégare n'aient appris ainsi son aventure. O vous, qui écoutez ces vers, si les «coï, coï» des petits porcs à l'agora d'Athènes vous racontent faussement que notre poète a des amours viles, venez voir à l'auberge l'amie aux seins durs comme des coings qu'il a su prendre, mordu par les bienheureuses punaises, dans une nuit de lune.

les figues peintes

συκῆ

MIME V. Cette jarre pleine de lait sera offerte à la petite déesse de mon figuier. Je verserai tous les matins du lait nouveau, et, s'il plaît à la déesse, j'emplirai la jarre de miel ou de vin non mêlé. Ainsi je l'honorerai du printemps jusqu'à l'automne; et si un orage brise la jarre, j'en achèterai une autre au marché des poteries, quoique l'argile soit chère cette année.

En retour, je prie la petite déesse qui garde le figuier dans mon jardin de changer la couleur des figues. Elles étaient blanches, savoureuses et sucrées; mais Iolé en est lasse. Maintenant elle désire des figues rouges, et jure qu'elles seront meilleures.

Il n'est point naturel qu'un figuier à figues blanches pousse des figues rouges à l'automne; cependant Iolé le veut. Si j'ai été pieux envers les dieux de mon jardin; si je leur ai tressé des couronnes de violettes et versé des aiguières pleines de vin et de lait; si j'ai secoué pour eux des pavots à l'heure où le soleil embrase la crête de ma muraille parmi les nuées de moucherons qui prennent l'air de la nuit; si je suis digne de leur amitié par ma religion, fais fleurir ton figuier, ô déesse, pour des figues rouges.

Si tu ne m'écoutes pas, je ne cesserai de t'honorer avec des jarres fraîches; mais je serai contraint de me lever à l'aube, dans la saison des fruits, pour ouvrir subtilement toutes les figues nouvelles et en peindre l'intérieur avec de la bonne pourpre de Tyr.

la jarre couronnée

ὑάκινθος

MIME VI. Potier, ayant tourné le fond d'une jarre dont j'ai pétri et courbé le ventre de terre dorée, je l'ai emplie de fruits pour le dieu des jardins. Mais il considère le feuillage tremblant, de peur que les voleurs percent les murailles. A la nuit, des loirs furtifs ont enfoncé leurs museaux parmi les pommes et les ont rongées jusqu'aux pépins. Timides, à la quatrième heure, ils agitèrent leurs queues duvetées, blanches et noires. A l'aube, les oiseaux d'Aphrodite se sont perchés sur les bords violets de mon pot d'argile en hérissant les petites plumes changeantes de leur cou. Sous le midi qui frémit, une jeune fille s'est avancée seule vers le dieu, avec des couronnes d'hyacinthe. Et m'ayant aperçu tandis que je restais penché derrière un hêtre, sans me regarder elle a couronné la jarre vide de fruits. Que le dieu ainsi privé de fleurs s'irrite, que les loirs mordent mes pommes, que les oiseaux d'Aphrodite inclinent l'un vers l'autre leurs têtes tendres! J'ai mêlé dans mes cheveux les hyacinthes frais, et jusqu'au prochain midi j'attendrai la couronneuse de jarres.

l'esclave déguisé

μάστιξ

MIME VII. O Mannia, viens châtier cet insolent avec un bon fouet en cuir de Paphlagonie. Je l'ai acheté dix mines à des marchands phéniciens, et il n'a pas souffert de la faim chez moi. Qu'il dise si les cuisiniers lui ont donné des olives et du poisson salé. Il s'est rempli le ventre avec des estomacs farcis et rôtis, des anguilles du lac Copaïs, et des fromages gras qui portaient encore la marque de leur claie d'osier. Il a bu du vin non mêlé que je faisais conserver dans des outres odorantes en peau de chèvre. Il a vidé mes flacons de baume syrien, et sa tunique est violette de pourpre: jamais les laveuses ne l'ont trempée dans les cuves. Ses cheveux s'éparpillent comme les aigrettes d'une torche d'or; le tondeur n'en a pas approché ses ciseaux. Mes femmes l'épilent tous les jours, et la langue rouge de la lampe lèche sa peau. Ses reins sont plus blancs que ma gorge ou que la croupe des lionnes d'ivoire sculptées sur les manches à couteaux.

Par mon âme, il a bu autant de vin dans mes cratères en une soirée que les initiées des Thesmophories pendant les trois jours de mystères. Je croyais qu'il ronflait, étendu près des cuisines, et je voulais prier les broyeurs de lui frotter les lèvres, pour le punir, avec un pilon à mortier; il aurait expié son ivresse par l'âcre saveur de l'ail fraîchement écrasé. Mais je l'ai trouvé chancelant, les yeux troubles, tenant à la main mon miroir d'argent poli; et ce trois fois impur, ayant volé dans mon coffret à bijoux une de mes cigales d'or, l'avait placée parmi ses cheveux enroulés. Puis, debout sur une jambe, et le corps agité par les frémissements du vin, il entourait sa cuisse du voile de gaze dont j'ai coutume de me couvrir sous ma tunique de laine blanche, quand je vais avec mes amies voir les fêtes d'Adonis.

la veillée nuptiale

λύχνος

MIME VIII. Cette lampe à mèche neuve brûle de l'huile fine et claire en face de l'étoile du soir. Le seuil est jonché par les roses que les enfants n'ont pas emportées. Les danseuses balancent les dernières torches qui étendent vers l'ombre leurs doigts de feu. Le petit flûtiste a soufflé encore trois notes aigres dans sa flûte d'os. Les porteurs sont venus avec des coffrets pleins d'anneaux translucides pour les chevilles. Celui-ci a enduit sa figure de suie et m'a chanté les railleries de son dème. Deux femmes aux voiles rouges sourient parmi l'air apaisé, en se frottant les mains de cinabre.

L'étoile du soir monte et les fleurs lourdes se ferment. Près de la grande cuve à vin, couverte d'une pierre sculptée, s'est assis un enfant rieur dont les pieds lumineux sont chaussés de sandales d'or. Il secoue une torche de pin et les cheveux vermeils s'éparpillent dans la nuit. Ses lèvres sont entr'ouvertes comme un fruit qui bâille. Il éternue sur la gauche et le métal sonne à ses pieds. Je sais qu'il partira d'un bond.

Io! Voici venir le voile jaune de la vierge! Ses femmes la soutiennent sous les bras. Éloignez les torches! Le lit des noces l'attend, et je la guiderai vers la molle lueur des tissus de pourpre. Io! Plongez dans l'huile odorante la mèche de la lampe. Elle crépite et meurt. Éteignez les torches! O ma fiancée, je te soulève contre ma poitrine: que tes pieds ne frôlent pas les roses du seuil.

l'amoureuse

φάσηλος

MIME IX. Je prie ceux qui liront ces vers de rechercher mon esclave cruel. Il s'est enfui de ma chambre à la deuxième heure après le milieu de la nuit.

Je l'avais acheté dans une ville bithynienne et il sentait le baume de son pays. Sa chevelure était longue et ses lèvres douces. Nous montâmes sur un bateau aminci comme la coque de la faséole. Et les matelots barbus nous interdirent de nous tondre ou de nous épiler, de crainte des tempêtes; et ils jetèrent dans la mer un chat tacheté à la lueur de la lune nouvelle. Les petites paumes de bois et les voiles de lin qui poussent les barques nous menèrent par la mer Pontique, dont les flots sont noirs, jusqu'aux rives de la Thrace où le liséré d'écume est de pourpre et de safran quand le soleil se lève. Et nous traversâmes aussi les Cyclades, et nous touchâmes à l'île de Rhodes. Près de là, nous sortîmes de la coque effilée dans une autre petite île dont je ne dirai jamais le nom. Car les grottes y sont tendues d'herbe rousse et semées d'ajoncs verts, les prairies molles comme le lait, et toutes les baies des arbrisseaux, soient-elles rouge sombre, claires autant que des grains de cristal, ou aussi noires que les têtes des hirondelles, ont un suc délicieux qui ranime l'âme. Je resterai muette sur cette île, comme une initiée aux mystères. Elle est bienheureuse et on n'y voit point d'ombres. J'y aimai tout un été. A l'automne un bateau plat nous conduisit vers cette campagne. Car mes affaires étaient négligées; et je voulais lever de l'argent pour vêtir celui-ci avec des tuniques de byssos fin. Et je lui ai donné des bracelets d'or, des bâtons tressés d'électron et des pierres qui brillent dans l'ombre.

Misérable que je suis! Il s'est levé d'auprès de moi et je ne sais où le retrouver. O femmes qui pleurez Adonis chaque année, ne méprisez pas mes supplications! Si ce criminel vient entre vos mains, tissez autour de lui des chaînes de fer; serrez ses jambes dans les entraves; jetez-le dans le cachot pavé de dalles; faites-le mener à la croix, et que le Broyeur des Chairs lui courbe la tête sous les fourches: semez des graines à pleines mains autour de la colline des supplices, afin que les milans et les corbeaux volent plus vite vers son corps. Mais plutôt (car je n'ai pas confiance en vous et je sais que vous auriez pitié d'une peau si polie à la pierre ponce) ne le touchez pas, même avec l'extrémité délicate de vos doigts. Mandez-le à vos jeunes messagers; qu'on me le renvoie aussitôt; je saurai le punir moi-même: je le punirai cruellement. Par les dieux irrités, je l'aime, je l'aime.

le marin

κόγχη

MIME X. Si vous doutez que j'aie manié les lourdes rames, regardez mes doigts et mes genoux; vous les trouverez usés comme d'anciens outils. Je connais chaque herbe de la plaine marine qui est parfois violette et parfois bleue, et j'ai la science de tous les coquillages enroulés. Il y a de ces herbes qui sont douées de notre vie: celles-là ont des yeux transparents comme la gelée, un corps semblable à la tétine de truie, et une multitude de membres minces qui sont aussi des bouches. Et parmi les coquilles trouées, j'en ai vu qui étaient percées plus de mille fois; et de chaque petite ouverture sortait ou rentrait un pied de chair sur lequel marchait la coquille.

Après avoir franchi les colonnes d'Héraklès, l'Océan qui entoure la terre devient inconnu et furieux.

Et il crée dans sa course des îles sombres où vivent des hommes différents et des animaux merveilleux. Là est un serpent à barbe dorée qui gouverne son royaume avec sagesse; et les femmes de cet endroit ont un œil à l'extrémité de chacun de leurs doigts. D'autres ont des becs et des huppes comme les oiseaux; pour le reste ils sont semblables à nous. Dans une île où j'arrivai, les habitants portaient leurs têtes à la place où nous avons l'estomac; et quand ils nous saluèrent, ils inclinèrent leurs ventres. Pour les cyclopes, les pygmées et les géants, je n'en parlerai pas; car leur nombre est trop grand.

Aucune de ces choses ne me paraît tenir du prodige; je n'en éprouve pas de terreur. Mais un soir j'ai vu Skylla. Notre bateau touchait le sable de la côte sicilienne. Comme je tournais le gouvernail, j'aperçus au milieu de l'eau une tête de femme qui avait les yeux fermés. Ses cheveux étaient couleur d'or. Elle semblait dormir. Et aussitôt je tremblai; car je craignais de voir ses prunelles, sachant bien qu'après les avoir contemplées je dirigerais la proue de notre bateau vers le gouffre de la mer.

les six notes de la flûte

σύριγξ

MIME XI. Dans les pâturages gras de la Sicile il y a un bois d'amandiers doux, non loin de la mer. Là est un siège ancien fait de pierre noire où les pâtres se sont assis depuis des années. Aux rameaux des arbres voisins pendent des cages à cigales tressées de jonc fin et des nasses d'oseraie verte qui servirent à prendre le poisson. Celle qui dort, dressée sur le siège de pierre noire, les pieds enroulés de bandelettes, la tête cachée sous un chapeau pointu de paille rousse, attend un pâtre qui n'est jamais revenu. Il partit, les mains enduites de cire vierge, pour couper des roseaux dans les halliers humides: il voulait en modeler une flûte à sept tuyaux, ainsi que l'avait enseigné le dieu Pan. Et lorsque sept heures se furent écoulées, la première note jaillit auprès du siège de pierre noire où veillait celle qui dort aujourd'hui. Or la note était proche, claire et argentine. Puis sept heures passèrent sur la prairie bleue de soleil, et la seconde note retentit, joyeuse et dorée. Et toutes les sept heures la dormeuse de maintenant entendit sonner un des tuyaux de la flûte nouvelle. Le troisième son fut lointain et grave comme la clameur du fer. Et la quatrième note fut plus lointaine encore et profondément tintante, ainsi que la voix du cuivre. La cinquième fut troublée et brève, semblable au choc d'un vase d'étain. Mais la sixième fut sourde et étouffée et sonore juste autant que les plombs d'un filet qui se frappent.

Or, celle qui dort aujourd'hui attendit la septième note, qui ne résonna pas. Les jours enveloppèrent le bois d'amandiers avec leur brouillard blanc, et les crépuscules avec leur brouillard gris et les nuits avec leur brouillard pourpre et bleu. Peut-être que le pâtre attend la septième note, au bord d'une mare lumineuse, dans l'ombre grandissante des soirs et des années; et, assise sur le siège de pierre noire, celle qui attendait le pâtre s'est endormie.

le vin de Samos

λήκυθος

MIME XII. Le tyran Polycrate commanda qu'on lui apportât trois flacons scellés contenant trois vins délicieux d'espèce différente. L'esclave diligent prit un flacon de pierre noire, un flacon d'or jaune, et un flacon de verre limpide; mais l'échanson oublieux versa dans les trois flacons le même vin de Samos.

Polycrate considéra le flacon de pierre noire et fit mouvoir ses sourcils. Il brisa le sceau de gypse et flaira le vin. «Le flacon, dit-il, est de matière basse, et l'odeur de ce qu'il renferme m'est peu engageante.»

Il souleva le flacon d'or jaune et l'admira. Puis, l'ayant descellé: «Ce vin, dit-il, est certainement inférieur à sa belle enveloppe, riche de grappes vermeilles et de pampres lumineux.»

Mais, saisissant le troisième flacon de verre limpide, il le tint contre le soleil. Le vin sanglant scintilla. Polycrate fit sauter le cachet, vida le flacon dans sa coupe, et but d'un seul trait. «Ceci, dit-il avec un soupir, est le meilleur vin que j'aie goûté.» Puis, plaçant sa coupe sur la table, il heurta le flacon qui tomba en poussière.

les trois courses

μῆλον

MIME XIII. Les figuiers ont laissé tomber leurs figues et les oliviers leurs olives; car il est arrivé une étrange chose dans l'île de Skyra. Une jeune fille fuyait, poursuivie par un jeune homme. Elle avait relevé le pan de sa tunique et on voyait le bord de son caleçon de gaze. Comme elle courait, elle laissa tomber un petit miroir d'argent. Le jeune homme releva le miroir et s'y mira; il contempla ses yeux emplis de sagesse, aima leur raison, cessa sa poursuite et s'assit sur le sable. Et la jeune fille commença de nouveau à fuir, poursuivie par un homme dans la force de l'âge. Elle avait relevé le bas de sa tunique et ses cuisses étaient semblables à la chair d'un fruit. Dans sa course, une pomme d'or roula de son giron. Et celui qui la poursuivait releva la pomme d'or, la cacha sous sa tunique, l'adora, cessa sa poursuite et s'assit sur le sable. Et la jeune fille s'enfuit encore; mais ses pas étaient moins rapides. Car elle était poursuivie par un vieillard chancelant. Elle avait baissé sa tunique, et ses chevilles étaient enveloppées d'étoffe diaprée. Mais, tandis qu'elle courait, l'étrange chose arriva: car un à un ses seins se détachèrent, et tombèrent sur le sol, comme des nèfles mûres. Le vieillard les huma tous deux; et la jeune fille, avant de s'élancer dans la rivière qui traverse l'île de Skyra, poussa deux cris d'horreur et de regret.

l'ombrelle de Tanagra

πῆλος

MIME XIV. Ainsi tendue sur des baguettes moulées, tressée avec de la paille qui est de l'argile ou tissée avec des étoffes de terre que la cuisson a faites rouges, je suis tenue en arrière et vers le soleil par une jeune fille aux beaux seins. De l'autre main elle soulève sa tunique de laine blanche, et on aperçoit au-dessus de ses sandales persiques des chevilles modelées pour des anneaux d'électron. Ses cheveux sont ondulés et une grande épingle les traverse près de la nuque. En détournant la tête, elle montre sa crainte du soleil et Aphrodite semble être venue incliner son cou.

Telle est ma maîtresse, et auparavant nous errâmes dans les prairies tachées d'hyacinthes, quand elle était de chair rose et moi de paille jaune. La couleur blanche du soleil me baisait au dehors, et j'étais baisée sous mon dôme par le parfum des cheveux de la vierge. Et la déesse qui change les formes m'ayant exaucée, semblable à une hirondelle d'eau qui tombe, les ailes étendues, pour caresser du bec une plante née au milieu d'un étang, je m'abattis doucement sur sa tête; je perdis le roseau qui me tenait loin d'elle, dans les airs, et je devins son chapeau qui la couvrait d'un toit frémissant.

Mais un potier qui pétrit aussi des jeunes filles, nous ayant aperçues dans un faubourg de la cité, nous pria d'attendre et tourna rapidement sous ses pouces une petite figure de terre. Ouvrier des formes inférieures, il nous a portées dans son langage d'argile; et, certes, il a su me tresser délicatement, et plier avec mollesse la tunique de laine blanche, et onduler la chevelure de ma maîtresse; mais, ne comprenant pas le désir des choses, il m'a cruellement séparée de la tête que j'aimais; et, redevenue ombrelle dans ma seconde vie, je me balance loin de la nuque de ma maîtresse.

Kinné

στήλη

MIME XV. Je consacre cet autel à la mémoire de Kinné. Ici, près des rochers noirs où tremble l'écume, nous avons erré tous les deux. La grève trouée le sait, et le bois de sorbiers, et les joncs des sables, et les têtes jaunes des pavots de la mer. Elle avait les mains pleines de coquilles dentelées et j'emplissais les conques frémissantes de ses oreilles avec des baisers. Elle riait des oiseaux à huppe qui se perchent sur les algues et hochent de la queue. Je voyais dans ses yeux la longue ligne de lumière blanche qui marque la frontière de la terre brune et de la mer bleue. Ses pieds se mouillaient jusqu'aux chevilles et les petites bêtes marines sautaient sur sa tunique de laine.

Nous aimions l'étoile brillante du soir et le croissant humide de la lune. Le vent qui passe l'Océan nous apportait les parfums de pays épicés. Nos lèvres étaient blanches de sel, et nous regardions luire, à travers l'eau, des animaux transparents et mous, comme des lampes vivantes. L'haleine d'Aphrodite nous entourait.

Et je ne sais pourquoi la Bonne Déesse a endormi Kinné. Elle tomba entre les pavots jaunes des sables, à la lueur rose de l'étoile de l'Aurore. Sa bouche saignait et la lumière de ses yeux s'éteignit. Je vis entre ses paupières la longue ligne noire qui marque la séparation de ceux qui se réjouissent au soleil et de celles qui pleurent près des marécages. Maintenant, Kinné marche seule au bord de l'eau souterraine, et les conques de ses oreilles sont sonores du bruissement des ombres qui volent, et sur la grève infernale se balancent des pavots tristes à tête noire, et l'étoile du ciel obscur de Perséphone n'a pas de soir ni d'aurore; mais elle est semblable à une fleur d'asphodèle flétrie.

Sismé

δακτύλιος

MIME XV*. Celle que tu vois ici desséchée se nommait Sismé, fille de Thratta. Elle connut d'abord les abeilles et les brebis; puis elle goûta le sel de la mer; enfin, un marchand la mena dans les maisons blanches de Syrie. Maintenant elle est serrée comme une statuette précieuse dans sa gaîne de pierre. Compte les anneaux qui brillent à ses doigts: elle eut autant d'années. Regarde le bandeau qui étreint son front: là elle reçut timidement son premier baiser d'amour. Touche l'étoile de rubis pâles qui dort où furent ses seins: là reposa une tête chère. Près de Sismé on a mis son miroir terni, ses osselets d'argent, et les grandes épingles d'électron qui traversaient ses cheveux; car, au bout de vingt années (il y a vingt anneaux), elle fut couverte de trésors. Un riche suffète lui donna tout ce que les femmes désirent. Sismé ne l'oublie point, et ses petits ossements blancs ne repoussent pas les bijoux. Or le suffète lui construisit ce sépulcre orné pour protéger sa mort tendre, et l'entoura de vases à parfums et de lacrymatoires d'or. Sismé le remercie. Mais toi, si tu veux connaître le secret d'un cœur embaumé, desserre les phalangettes de cette main gauche: tu y trouveras une simple petite bague de verre. Cette bague fut transparente; elle est depuis des années fumeuse et obscure. Sismé l'aime. Tais-toi et comprends.

* *Sismé* (hors série) a paru pour la première fois dans l'édition américaine de *Mimes*. Portland. Maine, 1901.

les présents funéraires

ποτήριον

MIME XVI. J'ai placé dans la tombe de Lysandre une claie verte, une lampe rouge et une coupe d'argent.

La claie verte lui rappellera un peu de temps (car une saison la détruira) notre amitié, l'herbe molle des pâturages, le dos arqué des brebis qui paissent, et l'ombre fraîche où nous nous sommes endormis. Et il se souviendra de la nourriture terrestre, et de l'hiver où on entasse les provisions dans les amphores.

La lampe rouge est ornée de femmes nues qui se tiennent les mains et dansent, les jambes entrelacées. Le parfum de l'huile s'évaporera, et la terre dont fut façonnée la lampe se brisera dans les années. Ainsi Lysandre n'oubliera pas aussitôt, dans sa vie souterraine, ses nuits heureuses et les corps blancs que la lampe éclaira; et elle servit aussi à tondre de sa langue vermeille le duvet des bras et des cuisses pour le plus grand plaisir du toucher et de la vue.

La coupe d'argent est couronnée de pampres et de grappes d'or; un dieu insensé y agite son thyrse, et les naseaux de l'âne de Silène semblent encore frémir. Elle fut pleine de vin acide, pur et mêlé; de vin de Chios parfumé par la peau des chèvres, et de vin d'Égine rafraîchi dans des vases d'argile pendus au vent. Lysandre y a bu dans les festins où il récitait des vers et l'âme du vin lui a donné le démon poétique et l'oubli des choses terrestres. Ainsi la forme du démon habitera encore près de lui; et, quand la claie sera pourrie et la lampe brisée, l'argent subsistera encore dans sa sépulture. Puisse-t-il vider souvent cette coupe pleine d'oubli en souvenir de ses meilleurs moments parmi nous!

Hermès Psychagôgos

ὁδός

MIME XVII. Que les morts soient enfermés dans des sarcophages de pierre sculptée, ou contenus dans le ventre d'urnes en métal ou en terre, ou dressés, dorés et peints de bleu, sans cervelle et sans viscères, enveloppés avec des bandelettes de lin, je les emmène en troupe et je guide leur marche de ma baguette conductrice.

Nous avançons par un sentier rapide que les hommes ne peuvent voir. Les courtisanes se pressent contre les vierges, et les meurtriers contre les philosophes, et les mères contre celles qui refusèrent d'enfanter, et les prêtres contre les parjures. Car ils se repentent de leurs crimes, soit qu'ils les aient imaginés dans leurs têtes, soit qu'ils les aient exécutés de leurs mains. Et n'ayant point été libres sur terre, parce qu'ils étaient liés par les lois, les coutumes, ou leur propre souvenir, ils craignent l'isolement et ils se soutiennent les uns aux autres. Celle qui coucha nue dans les chambres dallées parmi les hommes console une jeune fille morte avant ses noces, et qui rêva impérieusement d'amour. Un qui tuait sur les routes, la face souillée de cendre et de suie, pose la main sur le front d'un penseur qui voulut régénérer le monde et prêcha la mort. La dame qui aima ses enfants et souffrit par eux cache sa tête au sein d'une hétaïre qui fut volontairement stérile. L'homme vêtu d'une robe longue qui se persuada de croire à son dieu, et se contraignit à des génuflexions, pleure sur l'épaule du cynique qui rompit tous les serments de chair et d'esprit sous les yeux des citoyens. Ainsi ils s'aident entre eux pendant leur route, marchant sous le joug du souvenir.

Puis ils viennent sur la rive du Léthé où je les place le long de l'eau qui coule en silence. Et les uns y plongent leur tête qui contint de mauvaises pensées, les autres y trempent leur main qui fit le mal. Ils se relèvent, et l'eau du Léthé a éteint leur souvenir. Aussitôt ils se séparent et chacun sourit pour soi, se croyant libre.

le miroir, l'aiguille, le pavot

κόρη

MIME XVIII. Le Miroir parle:

J'ai été façonné d'argent par un ouvrier habile. D'abord je fus creux comme sa main, et mon autre face était semblable au globe d'un œil terne. Mais ensuite je reçus l'incurvation propre à rendre les images. Enfin Athéné a soufflé la sagesse en moi. Je n'ignore pas ce que désire la jeune fille qui me tient, et je lui réponds d'avance qu'elle est jolie. Cependant elle se lève la nuit, et allume sa lampe de bronze. Elle dirige vers moi l'aigrette dorée de la flamme, et son cœur veut un autre visage que le sien. Je lui montre son propre front blanc, et ses joues modelées, et la naissance gonflée de ses seins, et ses yeux pleins de curiosité. Elle me touche presque de ses lèvres tremblantes; mais l'or qui brûle éclaire seulement son visage et tout le reste en moi est obscur.

L'Aiguille d'or parle:

Comme je traversais sans gloire une trame de byssos, ayant été volée chez un Tyrien par un esclave noir, je fus saisie par une hétaïre parfumée. Elle me plaça dans ses cheveux et je piquai les doigts des imprudents. Aphrodite m'a instruite et a aiguisé ma pointe avec la volupté. Je suis arrivée enfin dans la coiffure de cette jeune fille, et j'ai fait frémir ses torsades. Elle bondit sous moi comme une génisse folle, et elle ne voit pas la cause de son mal. Pendant les quatre parties de la nuit, j'agite les idées dans sa tête et son cœur obéit. La flamme inquiète de la lampe fait danser des ombres qui courbent leurs bras ailés. Ainsi tumultueuses, elle aperçoit des visions rapides, et elle se précipite vers son miroir. Mais il ne lui montre que son visage tourmenté par le désir.

La Tête du pavot parle:

Je suis née aux champs souterrains, parmi des plantes dont les couleurs sont inconnues. Je sais toutes les nuances de l'obscurité; j'ai vu les fleurs lumineuses des ténèbres. Perséphone m'a tenue sur son giron et je m'y suis endormie. Quand l'aiguille d'Aphrodite blesse la jeune fille de curiosité, je lui montre les formes qui errent dans la nuit éternelle. Ce sont de beaux jeunes gens parés avec des grâces qui n'existent plus. Aphrodite sait donner leurs désirs, et Athéné montre aux mortels l'inanité de leurs rêves; mais Perséphone tient les clefs mystérieuses des deux portes de corne et d'ivoire. Par la première porte elle envoie dans la nuit les ombres qui hantent les hommes; et Aphrodite s'en empare, et Athéné les tue. Mais par la seconde porte la Bonne Déesse reçoit ceux et celles qui sont las d'Aphrodite et d'Athéné.

Akmé

καρδια

MIME XIX. Akmé mourut, tandis que je pressais encore sa main sur mes lèvres, et les pleureuses nous entourèrent. Le froid se glissa dans ses membres inférieurs, et ils devinrent pâles et glacés. Puis il monta jusqu'à son cœur, qui cessa de palpiter, semblable à un oiseau sanglant qu'on trouve étendu, les pattes serrées contre son ventre, par un matin de gelée. Puis le froid parvint sur sa bouche qui fut comme de la pourpre sombre.

Et les pleureuses frottèrent son corps avec du baume de Syrie, et compassèrent ses pieds et ses mains, afin de la placer sur le bûcher. Et la flamme rousse s'élança vers elle comme une amante terrible des nuits d'été, pour la manger sous ses baisers noircissants.

Et des hommes mornes, qui ont cet office, apportèrent dans ma maison deux vases d'argent, où sont les cendres d'Akmé.

Adonis mourut trois fois, et trois fois les femmes se lamentèrent sur les toits. Et cette troisième année, dans la nuit des fêtes, j'eus un songe.

Il me sembla que ma chère Akmé paraissait à mon chevet, étreignant sa poitrine de la main gauche. Elle sortait du royaume des ombres: car son corps était étrangement transparent, si ce n'est à l'endroit du cœur où elle appuyait sa main.

Alors la douleur m'éveilla et je me lamentai comme les femmes qui pleuraient Adonis.

Et les pavots amers du sommeil m'assoupirent de nouveau. Et de nouveau il me sembla que ma chère Akmé, près de mon lit, pressait sa main sur son cœur.

Alors je me lamentai encore et je priai le cruel gardien des songes de la retenir.

Mais elle vint une troisième fois et fit un signe de la tête.

Et je ne sais par quel chemin obscur elle me conduisit dans la prairie des morts, qui est entourée par la ceinture fluide du Styx où crient des grenouilles noires. Et là, s'étant assise sur un tertre, elle ôta sa main gauche dont elle se couvrait le sein.

Or, l'ombre d'Akmé était transparente ainsi que le béryl, mais je vis dans sa poitrine une tache rouge formée comme un cœur.

Et elle me supplia sans paroles de reprendre son cœur sanglant, afin qu'elle pût errer sans douleur parmi les champs de pavots qui ondulent aux enfers comme les champs de blé sur la terre de Sicile.

Alors je l'entourai de mes bras, mais je ne sentis que l'air subtil. Et il me sembla que du sang fluait vers mon cœur; et l'ombre d'Akmé se dissipa en toute transparence.

Maintenant j'ai écrit ces vers, parce que mon cœur est gonflé du cœur d'Akmé.

l'ombre attendue

πόπανον

MIME XX. La petite gardienne du temple de Perséphone a placé dans les corbeilles des gâteaux au miel saupoudrés de graine de pavots. Elle sait dès longtemps que la déesse n'y goûte point, parce qu'elle l'a guettée derrière les pilastres. La Bonne Déesse reste grave et mange sous la terre. Et si elle se nourrissait de nos aliments, elle préférerait le pain frotté d'ail et le vin aigre; car les abeilles infernales font un miel parfumé de myrrhe et les promeneuses dans les prairies violettes souterraines agitent sans cesse des pavots noirs. Ainsi le pain des ombres est confit dans le miel qui sent l'embaumement et les graines qui y sont répandues donnent le désir du sommeil. Voilà pourquoi Homère a dit que les morts, gouvernés par le glaive d'Odysseus, venaient boire en foule le sang noir des agneaux dans une fosse carrée creusée en terre. Et cette fois seulement les morts ont bu du sang, afin d'essayer de revivre: mais d'ordinaire ils se repaissent de miel funèbre et de pavots sombres et le liquide qui coule dans leurs veines est l'eau du Léthé. Les ombres mangent le sommeil et boivent l'oubli.

Pour cette raison, non pour une autre, les hommes ont choisi ces offrandes destinées à Perséphone; mais elle ne s'en inquiète point, car elle est abreuvée d'oubli et rassasiée de sommeil.

La petite gardienne du temple de Perséphone attend une ombre solitaire qui viendra peut-être aujourd'hui, peut-être demain, peut-être jamais. Si les ombres gardent un cœur aimant comme les jeunes filles sur terre, cette ombre n'a pu oublier pour l'eau morne du fleuve d'oubli, ni sommeiller pour les pavots tristes du champ du sommeil.

Mais sans doute elle désire oublier, selon le désir des cœurs terrestres. Alors, elle viendra quelque soir, quand la lune rose montera au ciel, et elle se tiendra près des corbeilles de Perséphone. Elle rompra avec la petite gardienne du temple les gâteaux au miel saupoudrés de graine de pavots et lui apportera au creux de sa paume un peu d'eau morne du Léthé. L'ombre goûtera des pavots de la terre et la jeune fille s'abreuvera de l'eau des enfers; puis ils se baiseront au front et l'ombre sera heureuse parmi les ombres et la jeune fille sera heureuse parmi les hommes.

ασφόδελος, μέλισσα, δάφνη

EPILOGVE. La longue nuit pendant laquelle Daphnis et Chloé restèrent éveillés comme des hiboux les mena jusque chez Perséphone la lumineuse. L'indulgent dieu des amants les fit mourir de bonne heure, semblables à des enfants pieux. Il craignit la jalousie des nymphes ou de Pan, ou de Zeus. Il fit envoler leurs âmes durant leur sommeil du matin; et elles arrivèrent dans le royaume d'Hadès, et, blanches, traversèrent sans se souiller l'infernal marécage, entendirent les grenouilles, fuirent devant le triple aboiement des gueules rouges de Cerbère. Puis, sur les prairies sombres qui sont obscurément éclairées par un crépuscule d'astres, les deux ombres blanches s'assirent et cueillirent le crocos jaune, et l'hyacinthe; et Daphnis tressa pour Chloé une couronne d'asphodèles. Mais ils ne mangèrent pas le lotus bleu qui croît sur les bords du Léthé, ni ne burent de l'eau qui fait perdre la mémoire. Chloé ne voulait pas oublier. Et la reine Perséphone leur donna des sandales de glace à semelle de feu pour traverser le courant enflammé des fleuves rouges.

Cependant, malgré les grandes fleurs jaunes, bleues et pâles des prairies souterraines, Chloé s'ennuyait. Elle ne voyait sur l'herbe ténébreuse que des papillons de nuit, très lourds, dont les ailes noires étaient coupées de croissants ensanglantés. Daphnis ne caressait que des bêtes nocturnes, dont les yeux avaient des lueurs de lune, dont le poil était doux comme le pelage des souris-chauves. Chloé avait peur des chouettes qui huaient dans les bois sacrés. Daphnis regrettait la blancheur des choses sous le soleil. Ils se souvenaient tous deux, n'ayant pas mouillé leurs mentons aux rives du Léthé; ils pleuraient la vie et invoquaient la grave bienfaisance de Perséphone.

Et comme les songes sortent tous de l'Erèbe par la porte d'ivoire, le sommeil des ombres est sans rêves. D'ordinaire, comme elles sont enveloppées d'oubli, elles ne pourraient songer dans leurs têtes vaines et légères qu'aux plaines indécises qui entourent le Tartare; mais Daphnis et Chloé souffraient infiniment de ne point réaliser en dormant leurs souvenirs de la vie passée.

La Bonne Déesse eut pitié d'eux, et elle permit au Conducteur d'Ames de les consoler.

Par une nuit bleue, il feignit de les confondre avec les Songes; et, parmi les êtres multicolores, chevauchant et volant, criant, riant ou pleurant, qui passent sous nos paupières quand ils se sont échappés de la porte pâle de l'Erèbe, Daphnis et Chloé, l'un contre l'autre étroitement serrés, revinrent voir l'île de Lesbos.

L'ombre était azurée, les arbres clairs, les taillis lumineux. La lune semblait un miroir d'or. Chloé s'y fût mirée avec un collier d'étoiles. Mitylène se dressait au loin comme une cité de nacre. Les canaux blancs traversaient la prairie. Quelques statues de marbre, renversées, buvaient la rosée. On voyait étinceler dans l'herbe leurs chevelures en torsade, teintes de jaune. L'air tremblait d'une lumière vague.

—Hélas! dit Chloé, où est le jour? Le soleil est-il mort? Où faut-il aller, mon Daphnis? Je ne sais plus la route. Ah! il n'y a plus nos bêtes, Daphnis: elles se sont perdues depuis que nous sommes partis.

Et Daphnis répondit:

—O Chloé, nous revenons errer comme les songes qui visitaient nos prunelles dans le sommeil des prés ou dans le repos des étables. Nos têtes sont vides comme les pavots mûrs. Nos mains sont chargées des fleurs de la nuit éternelle. Ton cher front est ceint d'asphodèles, et tu portes contre ton sein le crocos qui pousse dans l'île des Bienheureux. Il vaut peut-être mieux ne pas se souvenir.

—Mais voici que je me souviens, mon Daphnis, dit Chloé. La route qui mène à la grotte des nymphes longe cette prairie. Je reconnais la pierre plate où nous nous asseyions. Vois-tu le bois d'où sortit le loup, qui nous fit si grand peur? Ici, tu me tressas pour la première fois une cage à cigales. Là, dans ce buisson, tu pris pour moi une des stridentes cigales, et tu la posas sur mes cheveux, où elle chantait sans discontinuer. Elle était plus belle que les cigales d'or des Athéniennes d'autrefois: car elle chantait. Je voudrais en avoir une encore.

Et Daphnis répondit:

—La cigale bruit à l'heure de midi, quand le vent fore des trous sanglants au cœur du chaume, quand la ciguë à taille verte éploie son ombelle blanche pour se mettre au frais. Maintenant elles dorment et je ne saurais en trouver. Mais vois, Chloé, l'antre du dieu Pan; et j'aperçois le bassin où la vue de ton corps nu m'a troublé; et près de là le taillis où ton premier baiser me rendit délirant, où je venais te guetter tandis que j'engluais les pièges à oiseaux, dans l'hiver, et que toi, au milieu de la haute salle, tu rangeais les fruits dans les grandes amphores.

O Chloé, la maison n'est plus là, et le bois de sorbier est solitaire, car les huppes et les roitelets n'y viennent plus, et Perséphone a éteint nos âmes qui brûlaient.

—Voici, dit Chloé. Je viens de prendre dans une fleur pourpre une abeille qui dormait. Je l'ai regardée: elle est rousse et laide, et je n'aime pas les cercles noirs de son ventre. Autrefois, je croyais l'abeille un baiser avec des ailes. Je viens de tremper mon doigt dans un rayon de miel et tout le parfum du miel nouveau s'est envolé. J'ai cessé d'aimer le miel.

—Chloé, donne-moi un baiser, dit Daphnis.

—Voici, mon Daphnis.

Et les deux ombres blanches furent troublées, sans rien oser dire. Car leur baiser n'avait plus d'aiguillon, ni d'odeur sauvage; et comme le désir des brebis, des chèvres, des oiseaux et des cigales diminuait dans leur cœur, le plaisir de toucher leurs corps ne les agita plus d'un frémissement.

—O Chloé, ici nous avions des fromages gras sur des claies vertes.

—Et je n'aime presque plus les fromages, mon Daphnis.

—O Chloé, là nous avons cueilli les premières violettes de notre dernière année.

—Et je n'aime presque plus les violettes, mon Daphnis.

—O Chloé, regarde ce petit bois où tu m'as donné ton premier baiser.

Et Chloé, détournant la tête, ne répondit rien.

Alors, silencieux, ils maudirent dans leur cœur la nuit qui semblait avoir teint les choses d'amertume. Et ils prièrent sans paroles le Conducteur d'Ames de venir les reprendre avec les songes légers, pour les ramener par la porte pâle de l'Erèbe dans les prairies d'asphodèles où ils avaient la tendre douleur de se souvenir.

Mais la Bonne Déesse n'exauça pas leur prière.

Ils restèrent penchés, chacun à part, sur les statues tombées.

Lorsque la nuit bleue devint faiblement dorée, à l'Orient, ils entendirent un bruit de rames le long des côtes. Ils levèrent la tête, sachant qu'ils allaient voir des pirates-matelots, qui ravissent tout sur les rivages de Lesbos, et qui crient d'une voix retentissante, chaque fois qu'ils plongent les rames: roup-pa-paï.

Et cependant, bien que la brume fût légère, ils n'aperçurent pas de vaisseau. Mais il y eut un grand écho, qui fit frissonner l'écume sur la grève:

—Le grand Pan est mort! Le grand Pan est mort! Le grand Pan est mort!

Alors la cité nacrée de Mitylène s'écroula, et les statues se renversèrent toutes, et l'île devint noire, et les petites âmes des sources s'échappèrent, et les dieux minuscules s'envolèrent du cœur des arbres, de la moëlle des plantes, du centre animé des fleurs, et le silence s'étendit sur les morceaux de marbre blanc.

Les ombres de Daphnis et de Chloé s'évanouirent, subitement très vieilles, au jour nouveau; et la Bonne Déesse, dont la puissance souterraine était abolie, les prit tandis qu'elle s'enfuyait au-dessus des prairies vers la région inconnue où les dieux sont retirés. Elle féconda Lesbos de son haleine, et rendit à la terre Daphnis et Chloé; car l'île, parmi les canaux blancs qui la sillonnent, est couverte de leur âme multipliée, tant les lauriers et les oseraies verdoyantes ont jailli de son cœur enseveli.

LA CROISADE DES ENFANTS

(1896)

Circa idem tempus pueri sine rectore sine duce de universis omnium regionum villis et civitatibus versus transmarinas partes avidis gressibus cucurrerunt, et dum quaereretur ab ipsis quo currerent, responderunt: Versus Jherusalem, quaerere terram sanctam... Adhuc quo devenerint ignoratur. Sed plurimi redierunt, a quibus dum quaereretur causa cursus, dixerunt se nescire. Nudae etiam mulieres circa idem tempus nihil loquentes per villas et civitates cucurrerunt...

RÉCIT DU GOLIARD

Moi, pauvre goliard, clerc misérable errant par les bois et les routes pour mendier, au nom de Notre Seigneur, mon pain quotidien, j'ai vu un spectacle pieux et entendu les paroles des petits enfants. Je sais que ma vie n'est point très sainte, et que j'ai cédé aux tentations sous les tilleuls du chemin. Les frères qui me donnent du vin voient bien que je suis peu accoutumé à en boire. Mais je n'appartiens pas à la secte de ceux qui mutilent. Il y a des méchants qui crèvent les yeux aux petits, et leur scient les jambes et leur lient les mains, afin de les exposer et d'implorer la pitié. Voilà pourquoi j'ai eu peur en voyant tous ces enfants. Sans doute, Notre Seigneur les défendra. Je parle au hasard, car je suis rempli de joie. Je ris du printemps et de ce que j'ai vu. Mon esprit n'est pas très fort. J'ai reçu la tonsure de clergie à l'âge de dix ans, et j'ai oublié les paroles latines. Je suis pareil à la sauterelle: car je bondis, de ci, de là, et je bourdonne, et parfois j'ouvre des ailes de couleur, et ma tête menue est transparente et vide. On dit que saint Jean se nourrissait de sauterelles dans le désert. Il faudrait en manger beaucoup. Mais saint Jean n'était point un homme fait comme nous.

Je suis plein d'adoration pour saint Jean, car il était errant et prononçait des paroles sans suite. Il me semble qu'elles devraient être plus douces. Le printemps aussi est doux, cette année. Jamais il n'y a eu tant de fleurs blanches et roses. Les prairies sont fraîchement lavées. Partout le sang de Notre Seigneur étincelle sur les haies. Notre Seigneur Jésus est couleur de lys, mais son sang est vermeil. Pourquoi? Je ne sais. Cela doit être en quelque parchemin. Si j'eusse été expert dans les lettres, j'aurais du parchemin, et j'écrirais dessus. Ainsi je mangerais très bien tous les soirs. J'irais dans les couvents prier pour les frères morts et j'inscrirais leurs noms sur mon rouleau. Je transporterais mon rouleau des morts d'une abbaye à l'autre. C'est une chose qui plaît à nos frères. Mais j'ignore les noms de mes frères morts. Peut-être que Notre Seigneur ne se soucie point non plus de les savoir. Tous ces enfants m'ont paru n'avoir pas de noms. Et il est sûr que Notre Seigneur Jésus les préfère. Ils emplissaient la route comme un essaim d'abeilles blanches. Je ne sais pas d'où ils venaient. C'étaient de tout petits pèlerins. Ils avaient des bourdons de noisetier et de bouleau. Ils avaient la croix sur l'épaule; et toutes ces croix étaient de maintes couleurs. J'en ai vu de vertes, qui devaient être faites avec des feuilles cousues. Ce sont des enfants sauvages et ignorants. Ils errent vers je ne sais quoi. Ils ont foi en Jérusalem. Je pense que Jérusalem est loin, et Notre Seigneur doit être plus près de nous. Ils n'arriveront pas à Jérusalem. Mais Jérusalem arrivera à eux. Comme à moi. La fin de toutes choses saintes est dans la joie. Notre Seigneur est ici, sur cette épine rougie, et sur ma bouche, et dans ma pauvre parole. Car je pense à lui et son sépulcre est dans ma pensée. Amen. Je me coucherai ici au soleil. C'est un endroit saint. Les pieds de Notre Seigneur ont sanctifié tous les endroits. Je dormirai. Jésus fasse dormir le soir tous ces petits enfants blancs qui portent la croix. En vérité, je le lui dis. J'ai grand sommeil. Je le lui dis, en vérité, car peut-être qu'il ne les a point vus, et il doit veiller sur les petits enfants. L'heure de midi pèse sur moi. Toutes choses sont blanches. Ainsi soit-il. Amen.

RÉCIT DU LÉPREUX

Si vous voulez comprendre ce que je vais vous dire, sachez que j'ai la tête couverte d'un capuchon blanc et que je secoue un cliquet de bois dur. Je ne sais plus quel est mon visage, mais j'ai peur de mes mains. Elles courent devant moi comme des bêtes écailleuses et livides. Je voudrais les couper. J'ai honte de ce qu'elles touchent. Il me semble qu'elles font défaillir les fruits rouges que je cueille et les pauvres racines que j'arrache paraissent se flétrir sous elles. *Domine ceterorum libera me!* Le Sauveur n'a pas expié mon péché blême. Je suis oublié jusqu'à la résurrection. Comme le crapaud scellé au froid de la lune dans une pierre obscure, je demeurerai enfermé dans ma gangue hideuse quand les autres se lèveront avec leur corps clair. *Domine ceterorum, fac me liberum: leprosus sum.* Je suis solitaire et j'ai horreur. Mes dents seules ont gardé leur blancheur naturelle. Les bêtes s'effraient, et mon âme voudrait fuir. Le jour s'écarte de moi. Il y a douze cent et douze années que leur Sauveur les a sauvées, et il n'a pas eu pitié de moi. Je n'ai pas été touché avec la lance sanglante qui l'a percé. Peut-être que le sang du Seigneur des autres m'aurait guéri. Je songe souvent au sang: je pourrais mordre avec mes dents; elles sont candides. Puisqu'Il n'a point voulu me le donner, j'ai l'avidité de prendre celui qui lui appartient. Voilà pourquoi j'ai guetté les enfants qui descendaient du pays de Vendôme vers cette forêt de la Loire. Ils avaient des croix et ils étaient soumis à Lui. Leurs corps étaient Son corps et Il ne m'a point fait part de son corps. Je suis entouré sur terre d'une damnation pâle. J'ai épié pour sucer au cou d'un de Ses enfants du sang innocent. *Et caro nova fiet in die iræ.* Au jour de terreur, ma chair sera nouvelle. Et derrière les autres marchait un enfant frais aux cheveux rouges. Je le marquai; je bondis subitement; je lui saisis la bouche de mes mains affreuses. Il n'était vêtu que d'une chemise rude; ses pieds étaient nus et ses yeux restèrent placides. Et il me considéra sans étonnement. Alors, sachant qu'il ne crierait point, j'eus le désir d'entendre encore une voix humaine et j'ôtai mes mains de sa bouche, et il ne s'essuya pas la bouche. Et ses yeux semblaient ailleurs.

—Qui es-tu? lui dis-je.

—Johannes le Teuton, répondit-il. Et ses paroles étaient limpides et salutaires.

—Où vas-tu? dis-je encore.

Et il répondit:

—A Jérusalem, pour conquérir la Terre Sainte.

Alors je me mis à rire, et je lui demandai:

—Où est Jérusalem?

Et il répondit:

—Je ne sais pas.

Et je dis encore:

—Qu'est-ce que Jérusalem?

Et il répondit:

—C'est Notre Seigneur.

Alors, je me mis à rire de nouveau et je demandai:

—Qu'est-ce que ton Seigneur?

Et il me dit:

—Je ne sais pas; il est blanc.

Et cette parole me jeta dans la fureur et j'ouvris mes dents sous mon capuchon et je me penchai vers son cou frais et il ne recula point, et je lui dis:

—Pourquoi n'as-tu pas peur de moi?

Et il dit:

—Pourquoi aurais-je peur de toi, homme blanc?

Alors de grandes larmes m'agitèrent, et je m'étendis sur le sol, et je baisai la terre de mes lèvres terribles, et je criai:

—Parce que je suis lépreux!

Et l'enfant teuton me considéra, et dit limpidement:

—Je ne sais pas.

Il n'a pas eu peur de moi! Il n'a pas eu peur de moi! Ma monstrueuse blancheur est semblable pour lui à celle de son Seigneur. Et j'ai pris une poignée d'herbe et j'ai essuyé sa bouche et ses mains. Et je lui ai dit:

—Va en paix vers ton Seigneur blanc, et dis-lui qu'il m'a oublié.

Et l'enfant m'a regardé sans rien dire. Je l'ai accompagné hors du noir de cette forêt. Il marchait sans trembler. J'ai vu disparaître ses cheveux rouges au loin dans le soleil. *Domine infantium, libera me!* Que le son de mon cliquet de bois parvienne jusqu'à toi, comme le son pur des cloches! Maître de ceux qui ne savent pas, délivre-moi!

RÉCIT DU PAPE INNOCENT III

Loin de l'encens et des chasubles, je puis très facilement parler à Dieu dans cette chambre dédorée de mon palais. C'est ici que je viens penser à ma vieillesse, sans être soutenu sous les bras. Pendant la messe, mon cœur s'élève et mon corps se roidit; le scintillement du vin sacré emplit mes yeux, et ma pensée est lubrifiée par les huiles précieuses; mais en ce lieu solitaire de ma basilique, je peux me courber sous ma fatigue terrestre. *Ecce homo!* Car le Seigneur ne doit point entendre vraiment la voix de ses prêtres à travers la pompe des mandements et des bulles; et sans doute ni la pourpre, ni les joyaux, ni les peintures ne lui agréent; mais dans cette petite cellule il a peut-être pitié de mon balbutiement imparfait. Seigneur, je suis très vieux, et me voici vêtu de blanc devant toi, et mon nom est Innocent, et tu sais que je ne sais rien. Pardonne-moi ma papauté, car elle a été instituée, et je la subis. Ce n'est pas moi qui ai ordonné les honneurs. J'aime mieux voir ton soleil par cette vitre ronde que dans les reflets magnifiques de mes verrières. Laisse-moi gémir comme un autre vieillard et tourner vers toi ce visage pâle et ridé que je soulève à grand'peine hors des flots de la nuit éternelle. Les anneaux glissent le long de mes doigts amaigris, comme les derniers jours de ma vie s'échappent.

Mon Dieu! je suis ton vicaire ici, et je tends vers toi ma main creuse, pleine du vin pur de ta foi. Il y a de grands crimes. Il y a de très grands crimes. Nous pouvons leur donner l'absolution. Il y a de grandes hérésies. Il y a de très grandes hérésies. Nous devons les punir impitoyablement. A cette heure où je m'agenouille, blanc, dans cette cellule blanche dédorée, je souffre d'une forte angoisse, Seigneur, ne sachant point si les crimes et les hérésies sont du pompeux domaine de ma papauté ou du petit cercle de jour dans lequel un vieil homme joint simplement ses mains. Et aussi, je suis troublé en ce qui touche ton sépulcre. Il est toujours entouré par des infidèles. On n'a point su le leur reprendre. Personne n'a dirigé ta croix vers la Terre-Sainte; mais nous sommes plongés dans la torpeur. Les chevaliers ont déposé leurs armes et les rois ne savent plus commander. Et moi, Seigneur, je m'accuse et je frappe ma poitrine: je suis trop faible et trop vieux.

Maintenant, Seigneur, écoute ce chuchotement chevrotant qui monte hors de cette petite cellule de ma basilique et conseille-moi. Mes serviteurs m'ont apporté d'étranges nouvelles depuis les pays de Flandres et d'Allemagne jusqu'aux villes de Marseille et de Gênes. Des sectes ignorées vont naître. On a vu courir par les cités des femmes nues qui ne parlaient point. Ces muettes impudiques désignaient le ciel. Plusieurs fous ont prêché la ruine sur les places. Les ermites et les clercs errants sont pleins de rumeurs. Et je ne sais par quel sortilège plus de sept mille enfants ont été attirés hors des maisons. Ils sont sept mille sur la route portant la croix et le bourdon. Ils n'ont point à manger; ils n'ont point d'armes; ils sont incapables et ils nous font honte. Ils sont ignorants de toute véritable religion. Mes serviteurs les ont interrogés. Ils répondent qu'ils vont à Jérusalem pour conquérir la Terre-Sainte. Mes serviteurs leur ont dit qu'ils ne pourraient traverser la mer. Ils ont répondu que la mer se séparerait et se dessécherait pour les laisser passer. Les bons parents, pieux et sages, s'efforcent de les retenir. Ils brisent les verrous pendant la nuit et franchissent les murailles. Beaucoup sont fils de nobles et de courtisanes. C'est grand'pitié. Seigneur, tous ces innocents seront livrés au naufrage et aux adorateurs de Mahomet. Je vois que le soudan de Bagdad les guette de son palais. Je tremble que les mariniers ne s'emparent de leurs corps pour les vendre.

Seigneur, permettez-moi de vous parler selon les formules de la religion. Cette croisade des enfants n'est point une œuvre pie. Elle ne pourra gagner le Sépulcre aux chrétiens. Elle augmente le nombre des vagabonds qui errent sur la lisière de la foi autorisée. Nos prêtres ne peuvent point la protéger. Nous devons croire que le Malin possède ces pauvres créatures. Elles vont en troupeau vers le précipice comme les porcs sur la montagne. Le Malin s'empare volontiers des enfants, Seigneur, comme vous savez. Il se donna figure, jadis, d'un preneur de rats, pour entraîner aux notes de la musique de son pipeau tous les petits de la cité de Hamelin. Les uns disent que ces infortunés furent noyés dans la rivière de Weser; les autres, qu'il les enferma dans le flanc d'une montagne. Craignez que Satan ne mène tous nos enfants vers les supplices de ceux qui n'ont point notre foi. Seigneur, vous savez qu'il n'est pas bon que la croyance se renouvelle. Sitôt qu'elle parut dans le buisson ardent, vous la fîtes enfermer dans un tabernacle. Et quand elle se fut échappée de vos lèvres sur le Golgotha, vous ordonnâtes qu'elle fût enclose dans les ciboires et dans les ostensoirs. Ces petits prophètes ébranleront l'édifice de votre Église. Il faut le leur défendre. Est-ce au mépris de vos consacrés, qui usèrent dans votre service leurs aubes et leurs étoles, qui résistèrent durement aux tentations pour vous gagner, que vous recevrez ceux qui ne savent ce qu'ils font? Nous devons laisser venir à vous les petits enfants, mais sur la route de votre foi. Seigneur, je vous parle selon vos institutions. Ces enfants périront. Ne faites pas qu'il y ait sous Innocent un nouveau massacre des Innocents.

Pardonne-moi maintenant, mon Dieu, pour t'avoir demandé conseil sous la tiare. Le tremblement de la vieillesse me reprend. Regarde mes pauvres mains. Je suis un homme très âgé. Ma foi n'est plus celle des tout petits. L'or des parois de cette cellule est usé par le temps. Elles sont blanches. Le cercle de ton soleil est blanc. Ma robe est blanche aussi, et mon cœur desséché est pur. J'ai dit selon ta règle. Il y a des crimes. Il y a de très grands crimes. Il y a des hérésies. Il y a de très grandes hérésies. Ma tête est vacillante de faiblesse: peut-être qu'il ne faut ni punir, ni absoudre. La vie passée fait hésiter nos résolutions. Je n'ai point vu de miracle. Éclaire-moi. Est-ce un miracle? Quel signe leur as-tu donné? Les temps sont-ils venus? Veux-tu qu'un homme très vieux, comme moi, soit pareil dans sa blancheur à tes petits enfants candides? Sept mille! Bien que leur foi soit ignorante, puniras-tu l'ignorance de sept mille innocents? Moi aussi, je suis Innocent. Seigneur, je suis innocent comme eux. Ne me punis pas dans mon extrême vieillesse. Les longues années m'ont appris que ce troupeau d'enfants ne *peut* pas réussir. Cependant, Seigneur, est-ce un miracle? Ma cellule reste paisible, comme en d'autres méditations. Je sais qu'il n'est point besoin de t'implorer, pour que tu te manifestes; mais moi, du haut de ma très grande vieillesse, du haut de ta papauté, je te supplie. Instruis-moi, car je ne sais pas. Seigneur, ce sont tes petits innocents. Et moi, Innocent, je ne sais pas, je ne sais pas.

RÉCIT DE TROIS PETITS ENFANTS

Nous trois, Nicolas qui ne sait point parler, Alain et Denis, nous sommes partis sur les routes pour aller vers Jérusalem. Il y a longtemps que nous marchons. Ce sont des voix blanches qui nous ont appelés dans la nuit. Elles appelaient tous les petits enfants. Elles étaient comme les voix des oiseaux morts pendant l'hiver. Et d'abord nous avons vu beaucoup de pauvres oiseaux étendus sur la terre gelée, beaucoup de petits oiseaux dont la gorge était rouge. Ensuite nous avons vu les premières fleurs et les premières feuilles et nous en avons tressé des croix. Nous avons chanté devant les villages, ainsi que nous avions coutume de faire pour l'an nouveau. Et tous les enfants couraient vers nous. Et nous avons avancé comme une troupe. Il y avait des hommes qui nous maudissaient, ne connaissant point le Seigneur.

Il y avait des femmes qui nous retenaient par les bras et nous interrogeaient, et couvraient nos visages de baisers. Et puis il y a eu de bonnes âmes qui nous ont apporté des écuelles de bois, du lait tiède et des fruits. Et tout le monde avait pitié de nous. Car ils ne savent point où nous allons et ils n'ont point entendu les voix.

Sur la terre il y a des forêts épaisses, et des rivières, et des montagnes, et des sentiers pleins de ronces. Et au bout de la terre se trouve la mer que nous allons traverser bientôt. Et au bout de la mer se trouve Jérusalem. Nous n'avons ni gouvernants ni guides. Mais toutes les routes nous sont bonnes. Quoique ne sachant point parler, Nicolas marche comme nous, Alain et Denis, et toutes les terres sont pareilles, et pareillement dangereuses aux enfants. Partout il y a des forêts épaisses, et des rivières, et des montagnes, et des épines. Mais partout les voix seront avec nous. Il y a ici un enfant qui s'appelle Eustace, et qui est né avec ses yeux fermés. Il garde les bras étendus et il sourit. Nous ne voyons rien de plus que lui. C'est une petite fille qui le mène et qui porte sa croix. Elle s'appelle Allys. Elle ne parle jamais et ne pleure jamais; elle garde les yeux fixés sur les pieds d'Eustace, afin de le soutenir quand il trébuche. Nous les aimons tous les deux. Eustace ne pourra pas voir les saintes lampes du sépulcre. Mais Allys lui prendra les mains, afin de lui faire toucher les dalles du tombeau.

Oh! que les choses de la terre sont belles! Nous ne nous souvenons de rien, parce que nous n'avons jamais rien appris. Cependant nous avons vu de vieux arbres et des rochers rouges. Quelquefois nous passons dans de longues ténèbres. Quelquefois nous marchons jusqu'au soir dans des prairies claires. Nous avons crié le nom de Jésus dans les oreilles de Nicolas, et il le connaît bien. Mais il ne sait pas le dire. Il se réjouit avec nous de ce que nous voyons. Car ses lèvres peuvent s'ouvrir pour la joie, et il nous caresse les épaules. Et ainsi ils ne sont point malheureux: car Allys veille sur Eustace et nous, Alain et Denis, nous veillons sur Nicolas.

On nous disait que nous rencontrions dans les bois des ogres et des loups-garous. Ce sont des mensonges. Personne ne nous a effrayés; personne ne nous a fait de mal. Les solitaires et les malades viennent nous regarder, et les vieilles femmes allument des lumières pour nous dans les cabanes. On fait sonner pour nous les cloches des églises. Les paysans se lèvent des sillons pour nous épier. Les bêtes aussi nous regardent et ne s'enfuient point. Et depuis que nous marchons, le soleil est devenu plus chaud, et nous ne cueillons plus les mêmes fleurs. Mais toutes les tiges peuvent se tresser en mêmes formes, et nos croix sont toujours fraîches. Ainsi nous avons grand espoir, et bientôt nous verrons la mer bleue. Et au bout de la mer bleue est Jérusalem. Et le Seigneur laissera venir à son tombeau tous les petits enfants. Et les voix blanches seront joyeuses dans la nuit.

RÉCIT DE FRANÇOIS LONGUEJOUE, CLERC

*Aujourd'hui, quinzième du mois de septembre, l'année après l'incarnation de notre Seigneur douze cent et douze, sont venus en l'officine de mon maître Hugues Ferré plusieurs enfants qui demandent à traverser la mer pour aller voir le Saint-Sépulcre. Et pour ce que ledit Ferré n'a point assez de nefs marchandes dans le port de Marseille, il m'a commandé de requérir maître Guillaume Porc, afin de compléter le nombre. Les maîtres Hugues Ferré et Guillaume Porc mèneront les nefs jusqu'en Terre-Sainte pour l'amour de Notre Seigneur J.-C. Il y a présentement épandus autour de la cité de Marseille plus de sept mille enfants dont aucuns parlent des langages barbares. Et Messieurs les échevins, craignant justement la disette, se sont réunis en la maison de ville, où, après délibération, ils ont mandé nosdits maîtres afin de les exhorter et supplier d'envoyer les nefs en grande diligence. La mer n'est pas de présent bien favorable à cause des équinoxes, mais il est à considérer qu'une telle affluence pourrait être dangereuse à notre bonne ville, d'autant que ces enfants sont tous affamés par la longueur de la route et ne savent ce qu'ils font. J'ai fait crier aux mariniers sur le port, et équiper les nefs. Sur l'heure de vêpres, on pourra les tirer dans l'eau. La foule des enfants n'est point dans la cité, mais ils parcourent la grève en amassant des coquilles pour signes de voyage et on dit qu'ils s'étonnent des étoiles de mer et pensent qu'elles soient tombées vivantes du ciel afin de leur indiquer la route du Seigneur. Et de cet événement extraordinaire, voici ce que j'ai à dire: premièrement, qu'il est à désirer que maîtres Hugues Ferré et Guillaume Porc conduisent promptement hors de notre cité cette turbulence étrangère; secondement, que l'hiver a été bien rude, d'où la terre est pauvre cette année, ce que savent assez messieurs les marchands; troisièmement, que l'Église n'a été nullement avisée du dessein de cette horde qui vient du Nord, et qu'elle ne se mêlera pas dans la folie d'une armée puérile (*turba infantium*). *Et il convient de louer maîtres Hugues Ferré et Guillaume Porc, autant pour l'amour qu'ils portent à notre bonne ville que pour leur soumission à Notre Seigneur, envoyant leurs nefs et les convoyant par ce temps d'équinoxe, et en grand danger d'être attaquées par les infidèles qui écument notre mer sur leurs felouques d'Alger et de Bougie.*

RÉCIT DU KALANDAR

Gloire à Dieu! Loué soit le Prophète qui m'a permis d'être pauvre et d'errer par les villes en invoquant le Seigneur! Trois fois bénis soient les saints compagnons de Mohammed qui instituèrent l'ordre divin auquel j'appartiens! Car je suis semblable à Lui lorsqu'il fut chassé à coups de pierres hors de la cité infâme que je ne veux point nommer, et qu'il se réfugia dans une vigne où un esclave chrétien eut pitié de lui, et lui donna du raisin, et fut touché par les paroles de la foi au déclin du jour. Dieu est grand! J'ai traversé les villes de Mossoul, et de Bagdad, et de Basrah, et j'ai connu Sala-ed-Din (Dieu ait son âme) et le sultan son frère Seïf-ed-Din, et j'ai contemplé le Commandeur des Croyants. Je vis très bien d'un peu de riz que je mendie et de l'eau qu'on me verse dans ma calebasse. J'entretiens la pureté de mon corps. Mais la plus grande pureté réside dans l'âme. Il est écrit que le Prophète, avant sa mission, tomba profondément endormi sur le sol. Et deux hommes blancs descendirent à droite et à gauche de son corps et se tinrent là. Et l'homme blanc à gauche lui fendit la poitrine avec un couteau d'or, et en tira le cœur, d'où il exprima le sang noir. Et l'homme blanc à droite lui fendit le ventre avec un couteau d'or, et en tira les viscères qu'il purifia. Et ils remirent les entrailles en place, et dès lors le Prophète fut pur pour annoncer la foi. C'est là une pureté surhumaine qui appartient principalement aux êtres angéliques. Cependant les enfants aussi sont purs. Telle fut la pureté que désira engendrer la devineresse quand elle aperçut le rayonnement autour de la tête du père de Mohammed et qu'elle tenta de se joindre à lui. Mais le père du Prophète s'unit à sa femme Aminah, et le rayonnement disparut de son front, et la devineresse connut ainsi qu'Aminah venait de concevoir un être pur. Gloire à Dieu, qui purifie! Ici, sous le porche de ce bazar, je puis me reposer, et je saluerai les passants. Il y a de riches marchands d'étoffes et de joyaux qui se tiennent accroupis. Voici un caftan qui vaut bien mille dinars. Moi, je n'ai point besoin d'argent, et je suis libre comme un chien. Gloire à Dieu! Je me souviens, maintenant que je suis à l'ombre, du commencement de mon discours. Premièrement, je parle de Dieu, hors lequel il n'y a pas de Dieu, et de notre Saint Prophète, qui révéla la foi, car c'est l'origine de toutes les pensées, soit qu'elles sortent de la bouche, soit qu'elles aient été tracées à l'aide du calame. En second lieu, je considère la pureté dont Dieu a doué les saints et les anges. En troisième lieu, je réfléchis à la pureté des enfants. En effet, je viens de voir un grand nombre d'enfants chrétiens qui ont été achetés par le Commandeur des Croyants. Je les ai vus sur la grand'route. Ils marchaient comme un troupeau de moutons. On dit qu'ils viennent du pays d'Égypte, et que les navires des Francs les ont débarqués là. Satan les possédait et ils tentaient de traverser la mer pour se rendre à Jérusalem. Gloire à Dieu. Il n'a pas été permis qu'une si grande cruauté fût accomplie. Car ces pauvres enfants seraient morts en route, n'ayant ni aides, ni vivres. Ils sont tout à fait innocents. Et à leur vue je me suis jeté à terre, et j'ai frappé la terre du front en louant le Seigneur à voix haute. Voici maintenant quelle était la disposition de ces enfants. Ils étaient vêtus de blanc, et ils portaient des croix cousues sur leurs vêtements. Ils ne paraissaient point savoir où ils se trouvaient, et ne semblaient pas affligés. Ils gardent les yeux dirigés constamment au loin. J'ai remarqué l'un d'eux qui était aveugle et qu'une petite fille tenait par la main. Beaucoup ont des cheveux roux et des yeux verts. Ce sont des Francs qui appartiennent à l'empereur de Rome. Ils adorent faussement le prophète

Jésus. L'erreur de ces Francs est manifeste. D'abord, il est prouvé par les livres et les miracles qu'il n'y a point d'autre parole que celle de Mohammed. Ensuite, Dieu nous permet journellement de le glorifier et de quêter notre vie, et il ordonne à ses fidèles de protéger notre ordre. Enfin, il a refusé la clairvoyance à ces enfants qui sont partis d'un pays lointain, tentés par Iblis, et il ne s'est point manifesté pour les avertir. Et s'ils n'étaient tombés heureusement entre les mains des Croyants, ils auraient été saisis par les Adorateurs du Feu et enchaînés dans des caves profondes. Et ces maudits les auraient offerts en sacrifice à leur idole dévoratrice et détestable. Loué soit notre Dieu qui fait bien tout ce qu'il fait et qui protège même ceux qui ne le confessent point. Dieu est grand! J'irai maintenant demander ma part de riz dans la boutique de cet orfèvre, et proclamer mon mépris des richesses. S'il plaît à Dieu, tous ces enfants seront sauvés par la foi.

RÉCIT DE LA PETITE ALLYS

Je ne peux plus bien marcher, parce que nous sommes dans un pays brûlant, où deux méchants hommes de Marseille nous ont emmenés. Et d'abord nous avons été secoués sur la mer dans un jour noir, au milieu des feux du ciel. Mais mon petit Eustace n'avait point de frayeur parce qu'il ne voyait rien et que je lui tenais les deux mains. Je l'aime beaucoup, et je suis venue ici à cause de lui. Car je ne sais pas où nous allons. Il y a si longtemps que nous sommes partis. Les autres nous parlaient de la ville de Jérusalem, qui est au bout de la mer, et de Notre Seigneur qui serait là pour nous recevoir. Et Eustace connaissait bien Notre Seigneur Jésus, mais il ne savait point ce qu'est Jérusalem, ni une ville, ni la mer. Il s'est enfui pour obéir à des voix et il les entendait toutes les nuits. Il les entendait dans la nuit à cause du silence, car il ne distingue pas la nuit du jour. Et il m'interrogeait sur ces voix, mais je ne pouvais rien lui dire. Je ne sais rien, et j'ai seulement de la peine à cause d'Eustace. Nous marchions près de Nicolas, et d'Alain, et de Denis; mais ils sont montés sur un autre navire, et tous les navires n'étaient plus là quand le soleil a reparu. Hélas! que sont-ils devenus? Nous les retrouverons quand nous arriverons près de Notre Seigneur. C'est encore très loin. On parle d'un grand roi qui nous fait venir, et qui tient en sa puissance la ville de Jérusalem. En cette contrée tout est blanc, les maisons et les vêtements, et le visage des femmes est couvert d'un voile. Le pauvre Eustace ne peut pas voir cette blancheur, mais je lui en parle, et il se réjouit. Car il dit que c'est le signe de la fin. Le Seigneur Jésus est blanc. La petite Allys est très lasse, mais elle tient Eustace par la main, afin qu'il ne tombe pas, et elle n'a pas le temps de songer à sa fatigue. Nous nous reposerons ce soir, et Allys dormira, comme de coutume, près d'Eustace, et si les voix ne nous ont point abandonnés, elle essaiera de les entendre dans la nuit claire. Et elle tiendra Eustace par la main jusqu'à la fin blanche du grand voyage, car il faut qu'elle lui montre le Seigneur. Et assurément le Seigneur aura pitié de la patience d'Eustace, et il permettra qu'Eustace le voie. Et peut-être alors Eustace verra la petite Allys.

RÉCIT DU PAPE GRÉGOIRE IX

Voici la mer dévoratrice, qui semble innocente et bleue. Ses plis sont doux et elle est bordée de blanc, comme une robe divine. C'est un ciel liquide et ses astres sont vivants. Je médite sur elle, de ce trône de rochers où je me suis fait apporter hors de ma litière. Elle est véritablement au milieu des terres de la chrétienté. Elle reçoit l'eau sacrée où l'Annonciateur lava le péché. Sur ses bords se penchèrent toutes les saintes figures, et elle a balancé leurs images transparentes. Grande ointe mystérieuse, qui n'a ni flux ni reflux, berceuse d'azur, insérée sur l'anneau terrestre comme un joyau fluide, je t'interroge avec mes yeux. O mer Méditerranée, rends-moi mes enfants! Pourquoi les as-tu pris?

Je ne les ai point connus. Ma vieillesse ne fut pas caressée par leurs haleines fraîches. Ils ne vinrent pas me supplier de leurs tendres bouches entr'ouvertes. Seuls, semblables à de petits vagabonds, pleins d'une foi furieuse et aveugle, ils s'élancèrent vers la terre promise et ils furent anéantis. D'Allemagne et de Flandres, et de France et de Savoie et de Lombardie, ils vinrent vers tes flots perfides, mer sainte, bourdonnant d'indistinctes paroles d'adoration. Ils allèrent jusqu'à la cité de Marseille; ils allèrent jusqu'à la cité de Gênes. Et tu les portas dans des nefs sur ton large dos crêtelé d'écume; et tu te retournas, et tu allongeas vers eux tes bras glauques, et tu les as gardés. Et les autres, tu les as trahis, en les menant vers les infidèles; et maintenant ils soupirent dans les palais d'Orient, captifs des adorateurs de Mahomet.

Autrefois, un orgueilleux roi d'Asie te fit frapper de verges et charger de chaînes. O mer Méditerranée! qui te pardonnera? Tu es tristement coupable. C'est toi que j'accuse, toi seule, faussement limpide et claire, mauvais mirage du ciel; je t'appelle en justice devant le trône du Très-Haut, de qui relèvent toutes choses créées. Mer consacrée, qu'as-tu fait de nos enfants? Lève vers Lui ton visage céruléen; tends vers Lui tes doigts frissonnants de bulles; agite ton innombrable rire pourpré; fais parler ton murmure, et rends-Lui compte.

Muette par toutes tes bouches blanches qui viennent expirer à mes pieds sur la grève, tu ne dis rien. Il y a dans mon palais de Rome une antique cellule dédorée, que l'âge a faite candide comme une aube. Le pontife Innocent avait coutume de s'y retirer. On prétend qu'il y médita longtemps sur les enfants et sur leur foi, et qu'il demanda au Seigneur un signe. Ici, du haut de ce trône de rochers, parmi l'air libre, je déclare que ce pontife Innocent avait lui-même une foi d'enfant, et qu'il secoua vainement ses cheveux lassés. Je suis beaucoup plus vieux qu'Innocent; je suis le plus vieux de tous les vicaires que le Seigneur a placés ici-bas, et je commence seulement à comprendre. Dieu ne se manifeste point. Est-ce qu'il assista son fils au Jardin des Oliviers? Ne l'abandonna-t-il pas dans son angoisse suprême? O folie puérile que d'invoquer son secours! Tout mal et toute épreuve ne réside qu'en nous. Il a parfaite confiance en l'œuvre pétrie par ses mains. Et tu as trahi sa confiance. Mer divine, ne t'étonne point de mon langage. Toutes choses sont égales devant le Seigneur. La superbe raison des hommes ne vaut pas plus au prix de l'infini que le petit œil rayonné d'un de tes animaux. Dieu accorde la même part au grain de sable et à l'empereur. L'or mûrit dans la mine aussi impeccablement que le moine réfléchit dans le monastère. Les parties du monde sont aussi coupables les unes que les autres, lorsqu'elles ne suivent pas les lignes de la bonté; car elles procèdent de Lui. Il n'y a point à ses yeux de pierres, ni de plantes, ni d'animaux, ni d'hommes, mais des créations. Je vois toutes ces têtes blanchissantes qui bondissent au-dessus de tes vagues, et qui se fondent dans ton eau; elles ne jaillissent qu'une seconde sous la lumière du soleil, et elles peuvent être damnées ou élues. L'extrême vieillesse instruit l'orgueil et éclaire la religion. J'ai autant de pitié pour ce petit coquillage de nacre que pour moi-même.

Voilà pourquoi je t'accuse, mer dévoratrice, qui as englouti mes petits enfants. Souviens-toi du roi asiatique par qui tu fus punie. Mais ce n'était pas un roi centenaire. Il n'avait pas subi assez d'années. Il ne pouvait point comprendre les choses de l'univers. Je ne te punirai donc pas. Car ma plainte et ton murmure viendraient mourir en même temps aux pieds du Très-Haut, comme le bruissement de tes gouttelettes vient mourir à mes pieds. O mer Méditerranée! je te pardonne et je t'absous. Je te donne la très sainte absolution. Va-t-en et ne pèche plus. Je suis coupable comme toi de fautes que je ne sais point. Tu te confesses incessamment sur la grève par tes mille lèvres gémissantes, et je me confesse à toi, grande mer sacrée, par mes lèvres flétries. Nous nous confessons l'un à l'autre. Absous-moi et je t'absous. Retournons dans l'ignorance et la candeur. Ainsi soit-il.

Que ferai-je sur la terre? Il y aura un monument expiatoire, un monument pour la foi qui ne sait pas. Les âges qui viendront doivent connaître notre piété, et ne point désespérer. Dieu mena vers lui les petits enfants croisés, par le saint péché de la mer; des innocents furent massacrés; les corps des innocents auront leur asile. Sept nefs se noyèrent au récif du Reclus; je bâtirai sur cette île une église des Nouveaux Innocents et j'y instituerai douze prébendaires. Et tu me rendras les corps de mes enfants, mer innocente et consacrée; tu les porteras vers les grèves de l'île; et les prébendaires les déposeront dans les cryptes du temple; et ils allumeront, au-dessus, d'éternelles lampes où brûleront de saintes huiles, et ils montreront aux voyageurs pieux tous ces petits ossements blancs étendus dans la nuit.

L'ÉTOILE DE BOIS

(1897)

I

Alain était le petit-fils d'une vieille charbonnière de la forêt.

Dans cette ancienne forêt il y avait moins de routes que de clairières; des prés ronds gardés par de hauts chênes; des lacs de fougères immobiles sur qui planaient des rameaux frêles et frais comme des doigts de femme; des sociétés d'arbres graves comme des pilastres et assemblés pour murmurer pendant les siècles leurs délibérations de feuilles; d'étroites fenêtres de branches qui s'ouvraient sur un océan de vert où tremblaient de longues ombres parfumées et les cercles d'or blanc du soleil; des îles enchantées de bruyères roses et des rivières d'ajoncs; des treillis de lueurs et de ténèbres; des grands espaces naturels d'où surgissaient, tout frissonnants, les jeunes pins et les chênes puérils; des lits d'aiguilles rousses où les fourches moussues des vieux arbres semblaient plonger à mi-jambes; des berceaux d'écureuils et des nids de vipères; mille tressaillements d'insectes et flûtements d'oiseaux. Dans la chaleur, elle bruissait comme une puissante fourmilière; et elle retenait, après la pluie, une pluie à elle, lente, morne, entêtée, qui tombait de ses cimes et noyait ses feuilles mortes. Elle avait sa respiration et son sommeil; parfois, elle ronflait; parfois, elle se taisait, toute muette, toute coite, toute épieuse, sans un frôlis de serpent, sans un trille de fauvette. Qu'attendait-elle? Nul ne savait. Elle avait sa volonté et ses goûts: car elle lançait tout droit des lignes de bouleaux, qui filaient comme des traits; puis elle avait peur, et s'arrêtait dans un coin pour frémir sous un bouquet de trembles; elle avançait aussi un pied sur la lisière, jusque dans la plaine, mais n'y restait guère, et s'enfuyait de nouveau parmi l'horreur froide de ses plus hautes et profondes futaies, jusque dans son centre nocturne. Elle tolérait la vie des bêtes, et ne semblait pas s'en apercevoir; mais ses troncs inflexibles, résistants, épanouis comme des foudres solidifiées jaillies de la terre, étaient hostiles aux hommes.

Cependant elle ne haïssait point Alain: elle lui dérobait le ciel. Longtemps l'enfant ne connut d'autre lumière qu'une trouble et laiteuse verdeur de l'air; et, venant le soir, il voyait la meule de charbon se piquer de points rouges. La miséricordieuse vieille forêt ne lui avait pas permis de regarder tout ce que le ciel de la nuit laisse traîner d'argent et d'or. Il vivait ainsi auprès d'une bonne femme dont le visage, sillonné comme une écorce, s'était établi dans les immuables lignes du repos de la vie. Il lui aidait à couper les branches, à les tasser dans les meules, à couvrir les tertres de terre et de tourbe, à veiller sur le feu, qu'il soit doux et lent, à trier les morceaux pour faire les tas noirs, à emplir les sacs des porteurs dont on voyait peu la figure parmi les ténèbres des feuilles. Pour cela il avait la joie d'écouter à midi le babil des rameaux et des bêtes, de dormir sous les fougères parmi la chaleur, de rêver que sa grand'mère était un chêne tordu, ou que le vieux hêtre qui regardait toujours la porte de la hutte allait s'accroupir et venir manger la soupe; de considérer sur la terre la fuite constante de l'insaisissable monnaie du soleil; de réfléchir que les hommes, sa grand'mère et lui n'étaient pas verts et noirs comme la forêt et le charbon, de regarder bouillir la marmite et de guetter l'instant de sa meilleure odeur; de faire gargouiller son cruchon de grès dans l'eau de la mare qui s'était blottie entre trois rochers ronds; de voir jaillir un lézard au pied d'un orme comme une pousse lumineuse, onduleuse et fluide, et, au creux de l'épaule du même orme, se boursoufler le feu charnu d'un champignon.

Telles furent les années d'Alain dans la forêt, parmi le sommeil rêveur des jours, et les rêves ensommeillés des nuits; et il en comptait déjà dix.

Une journée d'automne il y eut grande tempête. Toutes les futaies grondaient et ahannaient; des javelines ruisselantes de pluie plongeaient et replongeaient dans l'enchevêtrement des branches; les rafales hurlaient et tourbillonnaient tout autour des têtes chenues des chênes; le jeune aubier gémissait, le vieux se lamentait; on entendait geindre l'ancien cœur des arbres et il y en eut qui furent frappés de mort et tombèrent roides, entraînant des morceaux de leur faîte. La chair verte de la forêt gisait tailladée près de ses blessures béantes, et par ces douloureuses meurtrières pénétrait dans ses entrailles d'ombre effarée la lumière horrible du ciel.

Ce soir-là l'enfant vit une chose surprenante. La tempête avait fui plus loin et tout était redevenu muet. On éprouvait une sorte de gloire paisible après un long combat. Comme Alain venait puiser de l'eau dans son écuelle à la mare du rocher, il y aperçut des étincellements qui scintillaient, frissonnaient, semblaient rire dans le miroir rustique d'un rire glacé. D'abord il pensa que c'étaient des points de feu comme ceux qui brillaient au charbon des meules: mais ceux-ci ne lui brûlaient pas les doigts, fuyaient sous sa main quand il tâchait de les prendre, se balançaient çà et là, puis revenaient obstinément scintiller à la même place. C'étaient des feux froids et moqueurs. Et Alain voyait flotter au milieu d'eux l'image de sa figure et l'image de ses mains. Alors il tourna ses yeux vers en haut.

A travers une grande plaie sombre du feuillage, il aperçut le vide radieux du ciel. La forêt ne le protégeait plus et il ressentit comme une honte de nudité. Car, du fond de cette vaste clairière bleuâtre si lointaine, beaucoup de petits yeux implacables luisaient, des points d'yeux très perçants, des clignements d'étincelles, tout un picotement de rayons. Ainsi Alain connut les étoiles, et les désira sitôt qu'il les eut connues.

Il courut à sa grand'mère, qui tisonnait pensivement la meule. Et quand il lui eut demandé pourquoi la mare du rocher mirait tant de points brillants qui tressaillaient parmi les arbres, sa grand'mère lui dit:

—Alain, ce sont les belles étoiles du ciel. Le ciel est au-dessus de la forêt et ceux qui vivent dans la plaine le voient toujours. Et chaque nuit Dieu y allume ses étoiles.

—Dieu y allume ses étoiles… répéta l'enfant. Et moi, mère grand, pourrais-je allumer des étoiles?

La vieille femme lui posa sur la tête sa main dure et craquelée. C'était comme si un des chênes eût eu pitié d'Alain et l'eût caressé de sa grosse écorce.

—Tu es trop petit. Nous sommes trop petits, dit-elle. Dieu seul sait allumer ses étoiles dans la nuit.

Et l'enfant répéta:

—Dieu seul sait allumer ses étoiles dans la nuit…

II

Dès lors les joies journalières d'Alain furent plus inquiètes. Le babil de la forêt cessa de lui paraître innocent. Il ne se sentit plus protégé sous l'abri dentelé des fougères. Il s'étonna de la mobile dispersion du soleil sur les mousses. Il se lassa de vivre dans l'ombre verte et obscure. Il désira une autre lumière que le chatoiement des lézards, le morne ardoiement du champignon, et le rougeoiement du charbon dans les meules. Avant de s'endormir il allait considérer au-dessus de la mare l'innombrable rire crépitant du ciel. Toute la force de ses désirs l'emportait par delà les ténèbres closes des hêtres, des chênes, des ormes, derrière lesquels il y avait des hêtres, des chênes, des ormes encore, et toujours d'autres arbres, et des entassements de futaies. Et son orgueil avait été frappé par la parole de la vieille femme:

—Dieu *seul* sait allumer ses étoiles dans la nuit.

—Et moi? pensait Alain. Si j'allais dans la plaine, si j'étais sous ce ciel qui est par-dessus les arbres, ne pourrais-je aussi allumer mes étoiles? Oh, j'irai! j'irai.

Rien ne lui plaisait plus dans l'enceinte de la forêt, qui l'assiégeait comme une armée immobile, l'emprisonnait comme une geôle rigide dont les arbres-gardiens se multipliaient pour l'arrêter, étendaient leurs bras inflexibles, se dressaient menaçants, énormes, terribles et muets, armés de contreforts noueux, de barricades fourchues, de mains gigantesques et ennemies; semblant hostile à tout ce qui n'était pas elle-même dans la jalouse protection de son cœur ténébreux. Bientôt elle eut pansé toutes les plaies de la tempête, refermé les blessures cruelles par où s'enfonçait la lumière, pour s'endormir de nouveau dans le sommeil de sa profondeur. Et la mare du rocher redevint obscure, et la face du miroir rustique ne refléta plus le rire lumineux du ciel.

Mais dans les rêves de l'enfant les étoiles riaient toujours.

Une nuit il s'échappa de la hutte tandis que sa grand'mère dormait. Il portait dans un bissac du pain et un morceau de fromage dur. Les meules de charbon luisaient paisiblement d'une lueur étouffée. Comme ces points rouges semblaient tristes auprès des vivaces étincelles du ciel! Les chênes, dans la nuit, n'étaient que des ombres aveugles qui allongeaient leurs longues mains à tâtons. Ils dormaient, comme sa grand'mère, mais ils dormaient debout. Ils étaient tant qu'ils se fiaient les uns aux autres de leur garde. On ne les entendait pas souffler pendant leur sommeil. Ils resteraient ainsi, très silencieux, jusqu'au premier fraîchissement de l'aube. Mais quand le vent du matin ferait murmurer les feuilles, Alain aurait déjà trompé leur surveillance. Tous les oiseaux pépieraient et pépieraient pour les avertir: Alain aurait déjà glissé entre leurs bras. Ils ne pourraient le suivre, car ils avaient horreur de la plaine. Ils auraient beau le menacer de loin, comme une file de géants noirs: ils ne savaient ni crier ni marcher—rien que s'amonceler, se serrer, se multiplier, croître, s'écarquiller, se fourcher, jeter mille tentacules immobiles, avancer soudain de grosses têtes et d'affreuses massues. Mais à la lisière de la plaine leur puissance était anéantie, et un enchantement les arrêtait soudain comme si la lumière les eût éblouis de stupeur.

Quand Alain fut dans cette plaine, il osa se retourner. Les géants noirs, attroupés comme l'armée de la nuit, semblaient le regarder tristement.

Puis Alain leva les yeux. Un miracle l'attendait au ciel. On eût dit qu'il était fleuri de fleurs de feu. Partout il tressaillait d'étincelles. Certaines s'enfuyaient, s'enfonçaient, allaient disparaître, tout à coup revenaient, grossissaient, brûlaient rouge, pâlissaient, bleuissaient, s'effaçaient, flottaient un peu, s'éparpillaient en trois, quatre, cinq traits de flamme, puis se renouaient, se fondaient, et, condensées, n'étaient plus qu'un point éclatant. D'autres avaient une insupportable acuité, perçaient les yeux d'un coup d'aiguille, puis devenaient douces, s'embrumaient, s'étalaient, se faisaient taches claires, vacillaient, s'en allaient tout à fait dans le vide, puis, dans le moment même reparues, trouaient l'air d'un stylet pur. Et d'autres s'établissaient sur des lignes, construisaient des figures, se disposaient en formes où Alain voyait des maisons, des fenêtres, des chariots; et tout à coup c'était l'angle du toit qui scintillait, puis le linteau de la porte, le bout du timon, le centre du moyeu; puis tout s'éteignait; puis les points brillaient encore, mais de lueurs inégales, en sorte que les formes de tout à l'heure étaient confondues.

L'enfant tendait ses mains vers le fond de la nuit. Il essayait de prendre ces lumières pâles, de les pétrir pour en refaire des choses à lui, curieux d'apprendre comment elles brûlaient et s'il y avait là-haut de grandes meules de charbon bleu toutes piquées de flammes.

Ensuite il considéra la plaine. Elle était longue, plate et nue, informe jusqu'à l'extrême ciel, peu mobile par sa végétation basse. Une rivière lente la terminait, dont on ne distinguait pas les bords. C'était comme de la plaine un peu plus blanche.

Alain marcha vers la rivière pour y revoir les étoiles.

Là elles paraissaient couler, devenir liquides et incertaines, s'infléchir, s'arrondir, se voiler sous une ride obscure et parfois se diviser en une foule de courtes lignes miroitantes. Elles allaient au fil de l'eau, s'égaraient dans les remous et mouraient, étouffées par de gros paquets d'herbes.

Pendant toute cette nuit Alain marcha auprès de la rivière. Deux ou trois souffles du matin enveloppèrent toutes les étoiles d'un linceul gris tendre rayé d'or et de rose. Au pied d'un arbre mince le long duquel tremblotaient des feuilles d'argent, Alain s'assit, un peu las; il mordit dans son pain et but à l'eau courante. Il marcha encore tout le jour. Le soir il dormit dans un enfoncement de la berge. Et le matin suivant il reprit sa marche.

Voici qu'il vit la rivière s'élargir et la plaine perdre sa couleur. L'air devenait humide et salé. Les pieds s'enfonçaient dans le sable. Un murmure prodigieux emplissait l'horizon. Des oiseaux blancs voletaient en poussant un cri rauque et lamentable. L'eau jaunissait et verdissait, se gonflait et jetait de la vase. Les berges s'abaissaient et disparaissaient. Bientôt, Alain ne vit plus qu'une grande étendue sablonneuse, au loin tranchée d'une large raie obscure. La rivière sembla ne plus avancer: elle fut arrêtée par une barre d'écume contre laquelle toutes ses petites vagues s'efforçaient. Puis elle s'ouvrit et se fit immense; elle inonda la plaine de sable et s'épandit jusqu'au ciel.

Alain était entouré d'un tumulte étrange. Près de lui croissaient des chardons des dunes avec des roseaux jaunes. Le vent lui balayait le visage. L'eau s'élevait par enflures régulières, crêtelées de blanc: de longues courbures creuses qui venaient tour à tour dévorer la grève avec leurs gueules glauques. Elles vomissaient sur le sable une bave de bulles, des coquilles polies et trouées, d'épaisses fleurs de glu, des cornets luisants, dentelés, des choses transparentes et molles singulièrement animées, de mystérieux débris mystérieusement usés. Le mugissement de toutes ces gueules glauques était doux et lamentable. Elles ne geignaient pas comme les grands arbres, mais semblaient se plaindre dans un autre langage. Elles aussi devaient être jalouses et impénétrables: car elles roulaient leur ombre pourpre à l'écart de la lumière.

Alain courut sur le bord et laissa tremper ses pieds par l'écume. Le soir venait. Un instant des traînées rouges à l'horizon parurent flotter sur un crépuscule liquide. Puis la nuit sortit de l'eau, tout au bout de la mer, se fit impérieuse, étouffa les bouches criantes de l'abîme par ses tourbillons obscurs. Et les étoiles piquèrent le ciel de l'Océan.

Mais l'Océan ne fut pas le miroir des étoiles. Ainsi que la forêt, il protégeait contre elles son cœur de ténèbres par l'éternelle agitation de ses vagues. On voyait bondir hors de cette immensité ondulante des cimes chevelues de cheveux d'eau que la main profonde de l'Océan retirait aussitôt à lui. Des montagnes fluides s'entassaient et se fondaient en même temps. Des chevauchées de vagues galopaient furieuses, puis s'abattaient invisibles. Des rangs infinis de guerriers à crinières mouvantes s'avançaient dans une charge implacable et sombraient parmi le champ de bataille sous le flottement d'un interminable linceul.

Au détour d'une falaise l'enfant vit errer une lumière. Il s'approcha. Une ronde d'autres enfants tournait sur la grève, et l'un d'eux secouait une torche. Ils étaient penchés vers le sable à l'endroit où viennent expirer les longues lèvres de l'eau. Alain se mêla parmi eux. Ils regardaient sur la plage ce que venait d'y apporter la mer. C'étaient des êtres rayonnés, de couleurs incertaines, rosâtres, violacés, tachés de vermillon, ocellés d'azur, et dont les meurtrissures exhalaient un feu pâle. On eût dit des paumes de mains étranges, autour desquelles se crispaient des doigts amincis; mains errantes, mortes naguère, rejetées par l'abîme qui enveloppait le mystère de leurs corps, feuilles charnues et animées, faites de chair marine; bêtes astrées vivantes et mouvantes au fond d'un ciel obscur.

—Étoiles de mer! Étoiles de mer! criaient les enfants.

—Oh! dit Alain, des étoiles!

L'enfant qui tenait la torche l'inclina vers Alain.

—Écoute, dit-il, l'histoire des étoiles. La nuit où naquit Notre Seigneur, le Seigneur des enfants, naquit au ciel une étoile neuve. Elle était énorme et bleue. Elle le suivait partout où il allait, et il l'aimait. Quand les méchants vinrent le tuer, elle pleura du sang. Mais quand il fut mort, au bout de trois jours, elle mourut aussi. Et elle tomba dans la mer et se noya. Et beaucoup d'autres étoiles en ce temps-là se noyèrent de tristesse dans la mer. Et la mer a eu pitié d'elles et ne leur a pas retiré leurs couleurs. Et elle vient tout doucement nous les rendre, chaque nuit, pour que nous les gardions en mémoire de Notre Seigneur.

—Oh! dit Alain, et ne pourrais-je les rallumer?

—Elles sont mortes, répondit l'enfant à la torche, depuis la mort de Notre Seigneur.

Alors Alain baissa la tête, et se détourna, et sortit du petit cercle de lumière. Car ce qu'il cherchait, ce n'était point une étoile noyée, une étoile morte, éteinte pour toujours. Il voulait, comme Dieu seul, allumer une étoile et la faire vivre, se réjouir de sa lumière, l'admirer et la voir monter dans l'air, loin des ténèbres de la forêt, qui cache les étoiles, loin des profondeurs de l'Océan, qui les noie. D'autres enfants pouvaient recueillir les étoiles mortes, les garder et les aimer. Celles-là n'étaient pas pour Alain. Où trouverait-il la sienne? Il ne savait; mais, certes, il la trouverait. Ce serait une bien belle chose. Il l'allumerait, et elle lui appartiendrait, et peut-être qu'elle le suivrait partout, comme la grosse bleue qui suivait Notre Seigneur. Dieu qui avait tant d'étoiles aurait la bonté de donner celle-là au petit Alain. Il en avait le désir si fort. Et quel étonnement pour sa grand'mère, quand il reviendrait! Toute l'horrible forêt en serait éclairée jusque dans son tréfond. «Dieu n'est plus seul à allumer ses étoiles! crierait Alain. Il y a aussi mon étoile. Alain seul l'allume ici, pour faire la lumière au milieu des vieux arbres. Mon étoile! Mon étoile en feu!»

La lueur sautillante de la torche erra çà et là sur la grève, devint rougeâtre sous la bruine; les ombres des enfants se fondirent dans la nuit. Alain fut seul encore. Une fine pluie l'enveloppa et le transit, tissa entre lui et le ciel son réseau de gouttelettes. La lamentation des vagues l'accompagna; tantôt murmure, tantôt ululement; et parfois une forte lame venait détoner dans la falaise, se pulvérisait, fusait de tous côtés, ou se projetait parmi la noirceur de l'air comme un spectre d'écume. Puis la plainte se fit égale et monotone comme les soupirs réguliers d'un malade; puis ce fut une sorte de doux tumulte aérien, balbutiant et confus; puis Alain entra dans le silence...

III

Et des jours et des nuits se passèrent; les étoiles se levèrent et se couchèrent; mais Alain n'avait pas trouvé la sienne.

Il arriva dans un pays dur. L'herbe d'arrière-saison jaunissait tristement sur les longs prés; les feuilles des vignes rougissaient aux ceps avant la grappe âcre et serrée. Partout de régulières lignes de peupliers parcouraient la plaine. Les collines s'élevaient lentement, coupées de champs pâles, quelquefois avec la tache sombre d'un bosquet de chênes. D'autres, ardues, étaient couronnées d'un cercle d'arbres noirs. Les larges plateaux se hérissaient de masses menaçantes. Le vert indolent d'un groupe de pins y semblait joyeux.

A travers cette maigre contrée errait une source claire et pierreuse. Elle suintait doucement d'un tertre, laissait à sec la moitié de son lit sous les premiers coteaux, et se fendillait en bras qui allaient caresser le pied de vieilles maisons de bois aux châssis enguirlandés. Elle était si transparente que les dos des perches, des brochets et des vives apparaissaient en troupe immobile. Les cailloux effleuraient le fil de l'eau et Alain voyait des chats pêcher la nuit entre les deux rives.

Et plus loin, où le ruisseau devenait fleuve, était une bonne petite ville assise sur les basses berges, avec de menues maisons pointues, coiffées de tuiles striées en ogive, avec une multitude de fenêtres minuscules pressées et grillées, avec des poivrières aux toits peints de bleu et de jaune, et un antique pont de bois, et un moutier, semblable à une brume vermeille ébarbée, où saint Georges, armé de sang, plongeait sa lance dans la gueule d'un dragon de grès rouge.

Le fleuve, large, lumineux et vert, tournait la cité comme un môle, entre des montagnes neigeuses au loin et les toutes petites collines de la petite ville où grimpaient les rues montantes avec leurs grandes enseignes de couleur: la rue du Heaume, et la rue de la Couronne, et la rue des Cygnes, et la rue de l'Homme-Sauvage, près du Marché aux Poissons et du Lion de Pierre qui vomissait son jet d'eau pure comme un arc de cristal.

Là étaient d'honnêtes auberges où des filles aux grosses joues versaient du vin clair dans les cruches d'étain, où pendaient les gonnes et aumusses laissées en gage; l'Hôtel de Ville, où siégeaient des bourgeois en cape de drap, à chemise de lin écru, l'anneau d'or au second doigt, faisant bonne justice et prompte expédition des malfaiteurs, et autour de la maison du conseil d'étroites rues paisibles avec des échoppes de scribes, fournies de parchemins et d'écritoires; des femmes placides, aux yeux bleus mouillés, à la figure usée de tendresse, avec un double menton, coiffées d'une guimpe transparente, parfois la bouche voilée par une bande de toile fine; des jeunes filles à robe blanche, ayant des crevés aux coudes, une ceinture cerise, et qui paraissaient filer sur des quenouilles leurs cheveux longs; des enfants roux aux lèvres pâles.

Alain passa sous une voûte trapue: c'était l'entrée de la place du Vieux-Marché. Elle était ceinte de maisonnettes accroupies comme des vieilles autour d'un feu d'hiver, toutes pelotonnées sous leur chaperon d'ardoises et renflées d'écailles à la façon des gorges de dragon. L'église de la paroisse, noire de monstres à barbe de mousse, penchait vers une tour carrée qui allait s'effilant en pointe de stylet. Tout auprès s'ouvrait la boutique du barbier, bouillonnée de vitres grasses, rondes comme des bulles, avec des volets verts où on voyait peints en rouge les ciseaux et la lancette. Au milieu de la place était le puits à margelle rongée, coiffé de son dôme de ferrures croisées. Des enfants pieds nus couraient autour; quelques-uns jouaient à la marelle sur les dalles; un petit gros pleurait silencieusement, la bouche poissée de mélasse, et deux fillettes se tiraient par les cheveux. Alain voulut leur parler; mais ils s'enfuyaient et le regardaient à la dérobée, sans répondre.

Le serein tomba parmi l'air un peu fumeux. Déjà on voyait briller des chandelles qui se reflétaient dans les vitres épaisses avec des ronds rouges. Les portes se fermaient; on entendait le claquement des volets et le grincement des verrous. Le plat d'étain de l'hôtellerie tintait contre son crampon de fer. Au porche entr'ouvert Alain vit la lueur de l'âtre, huma l'odeur du rôti, entendit couler le vin; mais il n'osa entrer. Une voix grondeuse de femme cria qu'il était l'heure de tout clore. Alain se glissa vers une ruelle.

Tous les étals étaient relevés. Il n'y avait point d'abri contre le frais. La forêt donnait le creux de ses arbres fourchus; le fleuve prêtait le retroussis de ses berges, la plaine son sillon entre les chaumes, la mer l'angle de ses falaises; même la campagne dure ne refusait pas son fossé sous la haie; mais la boudeuse ville renfrognée, étroitement serrée et cloîtrée, n'offrait rien aux petits errants.

Et elle se fit épaissement noire et curieusement hérissée en ses couloirs tournants, ses culs-de-sac étranglés, où elle croisait des piliers, enfonçait des madriers obliques, creusait des ruisseaux enlacés. Elle avançait à l'improviste deux bornes à chaînes, la herse d'une grille, de grands crochets de muraille; une maison barrait la rue de sa tourelle, l'autre l'écrasait de son pignon, la troisième l'emplissait de son ventre. C'était comme un guet immobile de pierre et de bois, armé avec de la ferraille. Tout cela était noir, inhospitalier et silencieux. Alain avança, recula, se perdit, tourna en cercle, et se retrouva sur la place du Vieux-Marché. Les chandelles s'étaient éteintes et toutes les fenêtres étaient rentrées sous leurs carapaces. Il ne vit plus qu'une lueur vacillante, à une lucarne ovale, près de la pointe de la tour carrée.

On y pénétrait par l'ouverture d'un soubassement, qui n'était pas close, et les marches de l'escalier arrivaient jusqu'au seuil. Alain prit du courage, et se mit à monter dans une étroite et rapide spirale. A mi-chemin crépitait au mur une mèche qui brûlait bas, plongeant dans un bec de cuivre. Arrivé en haut, Alain s'arrêta devant une étrange petite porte incrustée de clous de bronze, et retint sa respiration. Il entendait par intervalles une voix aiguë et ancienne qui prononçait des phrases entrecoupées. Et soudain son cœur commença de battre, et il crut étouffer: car l'ancienne voix aiguë parlait des étoiles. Alain colla son oreille au ferrement sculpté de la grande serrure et écouta.

—Étoiles mauvaises et funestes, disait la voix, pour la nuit, l'heure et celui qui demande. Inscris: Sirius voilé de sang; la Grande Ourse obscure; la Petite Ourse embrumée. L'Étoile du Pôle radiante et martiale. Porte Supérieure: ce soir mardi, Mars rouge et incendié dans la huitième maison, maison du Scorpion, signe de mort, et de mort par le feu: bataille, tuerie, carnage, flammes dévorantes. En cette treizième heure, nuisible par son essence, Mars est en conjonction avec Saturne dans la maison de l'effroi. Calamité; mort; issue fatale de toute entreprise. Le fer se mélange au plomb parmi le feu. Fer forgé pour détruire; plomb en fusion. Mars s'unit à Saturne. Le rouge pénètre dans le noir. Incendie dans la nuit. Alarme pendant le sommeil. Tintement de fer et chocs à masses de plomb. Aspect contraire: car le Taureau entre dans la Porte Inférieure et le Scorpion dans la Porte Supérieure. Jupiter dans la seconde maison s'oppose à Mars dans la huitième. Ruine de toute richesse et de toute gloire. Le Cœur du Ciel demeure stérile et vide. Ainsi Mars ardent domine sans conteste sur les édifices et la vie que possède Saturne. Incendie de la cité; mort par les flammes. Terreur et conflagration. A la treizième heure de cette nuit de mardi, Dieu détourne les yeux de ses étoiles et livre les âmes au feu.

Au moment où la vieille voix dictait ces mots la porte s'ouvrit, battue de coups de poing et de coups de pied: la petite forme d'Alain se dressa sur le seuil, droite et furieuse, et l'enfant irrité cria:

—Vous mentez! Dieu ne quitte pas ses étoiles. Dieu seul sait allumer ses étoiles dans la nuit!

Un vieillard vêtu d'une robe de martre leva son visage penché sur un astrolabe fait en manière de sphère armillaire, et clignota de ses paupières rougies, comme un antique oiseau de nuit effaré dans son repaire. A ses pieds, un enfant pâle et maigre qui écrivait sur un parchemin laissa tomber son roseau de ses doigts. La flamme de deux grands cierges de cire s'étira et s'inclina sous le courant d'air. Le vieillard tendit le bras, et sa main apparut sur le bord de la manche fourrée comme un ossement vide.

—Enfant barbare et douteur, dit-il, quelle est ta noire ignorance! Écoute: cet autre enfant t'instruira par sa bouche. Dis-lui, toi, la nature des étoiles.

Et l'enfant maigre récita:

—Les étoiles sont fixées dans la voûte de cristal et tournent si rapidement sur leur pivot de diamant qu'elles s'enflamment de leur propre mouvement et tourbillon. Dieu n'est que le premier moteur des orbes et la cause de la révolution des sept ciels; mais depuis la motion initiale le ciel des constellations n'obéit qu'à ses propres lois et gouverne à son gré les événements de la terre et les destinées des hommes. Telle est la doctrine d'Aristote et de la Sainte Église.

—Tu mens! cria encore Alain. Dieu connaît toutes ses étoiles et les aime. Il me les a fait voir malgré les grands arbres de la forêt, qui recouvrait le ciel; et il me les a fait flotter le long de la rivière, et il me les a fait danser joyeuses au-dessus de la campagne; et j'ai vu aussi celles qui se sont noyées au temps de la mort de Notre Seigneur; et bientôt il me montrera la mienne et...

—Enfant, Dieu te montrera la tienne. Ainsi soit-il! dit le vieillard.

Mais Alain ne put connaître s'il lui parlait sérieusement. Car un souffle de vent soudain emplit la cellule et les deux flammes des cierges se renversèrent comme des fleurs retournées, bleuirent et moururent. Alain retrouva l'escalier en tâtant la muraille; et, comme il avait pris de la hardiesse, et aussi pour punir le vieillard menteur, il arracha le bec de cuivre avec sa mèche brûlante et l'emporta.

Toute la place était noire de nuit, et la tour carrée parut s'y enfoncer et disparaître sitôt qu'Alain l'eut quittée. Il retrouva le passage de la voûte à la lueur de sa lampe et le franchit. Ici les chapeaux pointus des toits ne découpaient plus le ciel. Les ténèbres s'élargissaient et l'ombre supérieure semblait comme frottée de blancheur. Le firmament nocturne était saisi dans un treillis d'étoiles, parcouru de fils d'air ténu aux nœuds étincelants, tendu d'une résille de feu clair. Alain leva la tête vers le grand filet radiant. Les étoiles riaient toujours de leur rire de givre. Assurément elles n'avaient pas pitié de lui. Elles ne le connaissaient pas, puisqu'il était si longtemps resté enveloppé dans l'horreur épaisse de la forêt. Elles riaient de lui, étant hautes et éblouissantes, parce qu'il était petit et n'avait qu'une lampe vacillante et fumeuse. Elles riaient aussi du vieillard menteur, qui prétendait les connaître, et de ses deux cierges éteints. Alain les regarda encore. Riaient-elles pour se moquer, ou riaient-elles de plaisir? Elles dansaient aussi. Elles devaient être joyeuses. Ne savaient-elles pas que le petit Alain allumerait l'une d'elles, comme Dieu lui-même? Assurément Dieu le leur avait dit. Quelle devait être la sienne? Il y en avait tant et tant. Une nuit sans doute elle se révélerait, descendrait auprès de lui, et il n'aurait qu'à la cueillir comme un fruit. Ou si elle ne voulait pas se laisser toucher, elle volerait devant lui avec ses ailes de feu. Et elle rirait avec lui, et il rirait du même rire qu'elle, et toute la vieille forêt serait semée de petites lumières qui ne seraient que des rires.

Maintenant Alain était sur le vieux pont qui tremblait sur ses piliers sculptés. On voyait couler l'eau entre les grosses poutres de son tablier, et vers le milieu il y avait une échauguette toute vêtue d'ardoises peintes en jaune et en bleu. Le veilleur devait se tenir dans la niche; mais il n'était pas là. Heureusement pour Alain; peut-être qu'il ne l'eût pas laissé passer avec sa lampe. Alain n'osa pas éclairer le trou noir de l'échauguette et marcha plus vite. Au delà du pont étaient les maisons plus humbles de la cité, qui n'avaient point d'armures de couleur, ni de monstres griffus pour saisir les contreforts des fenêtres, ni de gueules de dragon pour vomir l'eau de la pluie, ni de serpents qui s'enlaçaient aux linteaux des portes, ni de soleils grimaçants et dédorés pour se rebondir en bosses aux pignons. Elles n'avaient même pas leurs chemises de tuiles nues ou d'ardoises grises; mais elles étaient simplement faites avec des madriers équarris.

Alain soulevait sa lampe pour distinguer le chemin. Tout à coup, il s'arrêta, et se mit à trembler. Il y avait une étoile devant lui, un peu plus haut que sa tête.

Étoile obscure, à la vérité, car elle était en bois. Elle avait six rayons croisés sur six autres rayons, de sorte qu'elle était parfaite. On l'avait clouée au bout d'une latte qui s'avançait à travers la rue. Alain l'éclaira et la considéra. Elle était déjà ancienne et fendillée. Sans doute elle avait attendu longtemps; Dieu l'avait oubliée dans le fond de cette petite ville; ou bien il l'avait laissée là sans rien dire, sachant qu'Alain la trouverait. Alain s'approcha de la maison. C'était une pauvre maison, qui n'avait point de volets, et, par les vitres basses, il vit beaucoup de curieux personnages en bois. Ils étaient dressés sur une planche, comme pour regarder à la fenêtre; leurs robes étaient dures et droites; leurs lèvres se serraient sur un trait; leurs yeux étaient ronds et ternes, et ils avaient les mains croisées. Il y avait aussi un bœuf et un âne, avec des jambes roides écarquillées et une croix où semblait clouée une forme plaintive, et une crèche au-dessus de laquelle était fixée une petite étoile, toute semblable à celle qui était accrochée dans la rue.

Et Alain vit bien qu'il avait enfin trouvé. Cette étoile était faite avec le bois de la forêt, et elle attendait qu'on l'allume. Elle avait attendu Alain. Il approcha sa lampe et la flamme rouge lécha l'étoile qui crépita. De courtes larmes bleues en jaillirent: puis il y eut un trait igné, un craquèlement, et elle se mit à brûler, devint une boule de feu, flamboya. Alors Alain battit des mains en criant:

—Mon étoile! mon étoile en feu!

Et il se fit un mouvement dans la maison; des fenêtres en haut s'ouvrirent, et Alain vit de petites têtes effarées, avec de longs cheveux, beaucoup d'enfants en chemise, qui s'étaient réveillés et venaient voir. Alain courut vers la porte et entra dans la maison. Il criait:

—Enfants, venez voir mon étoile! mon étoile en feu! Alain a allumé son étoile dans la nuit!

Cependant l'étoile flambante grossit très vite, éparpilla une toison d'étincelles; puis aussitôt les madriers secs s'enflammèrent; le toit de chaume rougit d'un coup et tout l'auvent fut un rideau de feu. On entendit un cri d'effroi, des appels vagues, puis des plaintes aiguës. Et l'embrasement devint formidable. Il y eut un écroulis; de grands tisons se dressèrent parmi la fumée; ce fut une horrible bigarrure de rouge et de noir; enfin une sorte de gouffre se creusa où s'abattit un monceau d'énormes braises ardentes.

Et le halètement sinistre d'une cloche d'alarme commença de retentir.

A cette heure même, le vieillard de la tour carrée vit se lever dans le Cœur du Ciel, qui est la Maison de Gloire, une nouvelle étoile rouge.

LE LIVRE DE MONELLE

(1895)

I
PAROLES DE MONELLE

Monelle me trouva dans la plaine où j'errais et me prit par la main.

—N'aie point de surprise, dit-elle, c'est moi et ce n'est pas moi;

Tu me retrouveras encore et tu me perdras;

Encore une fois je viendrai parmi vous; car peu d'hommes m'ont vue et aucun ne m'a comprise;

Et tu m'oublieras et tu me reconnaîtras et tu m'oublieras.

Et Monelle dit encore: Je te parlerai des petites prostituées, et tu sauras le commencement.

Bonaparte le tueur, à dix-huit ans, rencontra sous les portes de fer du Palais-Royal une petite prostituée. Elle avait le teint pâle et elle grelottait de froid. Mais «il fallait vivre», lui dit-elle. Ni toi, ni moi, nous ne savons le nom de cette petite que Bonaparte emmena, par une nuit de novembre, dans sa chambre, à l'hôtel de Cherbourg. Elle était de Nantes, en Bretagne. Elle était faible et lasse, et son amant venait de l'abandonner. Elle était simple et bonne; sa voix avait un son très doux. Bonaparte se souvint de tout cela. Et je pense qu'après le souvenir du son de sa voix l'émut jusqu'aux larmes et qu'il la chercha longtemps, sans jamais plus la revoir, dans les soirées d'hiver.

Car, vois-tu, les petites prostituées ne sortent qu'une fois de la foule nocturne pour une tâche de bonté. La pauvre Anne accourut vers Thomas de Quincey, le mangeur d'opium, défaillant dans la large rue d'Oxford sous les grosses lampes allumées. Les yeux humides, elle lui porta aux lèvres un verre de vin doux, l'embrassa et le câlina. Puis elle rentra dans la nuit. Peut-être qu'elle mourut bientôt. Elle toussait, dit de Quincey, le dernier soir que je l'ai vue. Peut-être qu'elle errait encore dans les rues; mais, malgré la passion de sa recherche, quoiqu'il bravât les rires des gens auxquels il s'adressait, Anne fut perdue pour toujours. Quand il eut plus tard une maison chaude, il songea souvent avec des larmes que la pauvre Anne aurait pu vivre là près de lui; au lieu qu'il se la représentait malade, ou mourante, ou désolée, dans la noirceur centrale d'un b... de Londres, et elle avait emporté tout l'amour pitoyable de son cœur.

Vois-tu, elles poussent un cri de compassion vers vous, et vous caressent la main avec leur main décharnée. Elles ne vous comprennent que si vous êtes très malheureux; elles pleurent avec vous et vous consolent. La petite Nelly est venue vers le forçat Dostoïevsky hors de sa maison infâme, et, mourante de fièvre, l'a regardé longtemps avec ses grands yeux noirs tremblants. La petite Sonia (elle a existé comme les autres) a embrassé l'assassin Rodion après l'aveu de son crime. «Vous vous êtes perdu!» a-t-elle dit avec un accent désespéré. Et, se relevant soudain, elle s'est jetée à son cou, et l'a embrassé... «Non, il n'y a pas maintenant sur la terre un homme plus malheureux que toi!» s'est-elle écriée dans un élan de pitié, et tout à coup elle a éclaté en sanglots.

Comme Anne et celle qui n'a pas de nom et qui vint vers le jeune et triste Bonaparte, la petite Nelly s'est enfoncée dans le brouillard. Dostoïevsky n'a pas dit ce qu'était devenue la petite Sonia, pâle et décharnée. Ni toi ni moi nous ne savons si elle put aider jusqu'au bout Raskolnikoff dans son expiation. Je ne le crois pas. Elle s'en alla très doucement dans ses bras, ayant trop souffert et trop aimé.

Aucune d'elles, vois-tu, ne peut rester avec vous. Elles seraient trop tristes et elles ont honte de rester. Quand vous ne pleurez plus, elles n'osent pas vous regarder. Elles vous apprennent la leçon qu'elles ont à vous apprendre, et elles s'en vont. Elles viennent à travers le froid et la pluie vous baiser au front et essuyer vos yeux et les affreuses ténèbres les reprennent. Car elles doivent peut-être aller ailleurs.

Vous ne les connaissez que pendant qu'elles sont compatissantes. Il ne faut pas penser à autre chose. Il ne faut pas penser à ce qu'elles ont pu faire dans les ténèbres. Nelly dans l'horrible maison, Sonia ivre sur le banc du boulevard, Anne rapportant le verre vide chez le marchand de vin d'une ruelle obscure étaient peut-être cruelles et obscènes. Ce sont des créatures de chair. Elles sont sorties d'une impasse sombre pour donner un baiser de pitié sous la lampe allumée de la grande rue. En ce moment, elles étaient divines.

Il faut oublier tout le reste.

Monelle se tut et me regarda:

Je suis sortie de la nuit, dit-elle, et je rentrerai dans la nuit. Car, moi aussi, je suis une petite prostituée.

Et Monelle dit encore:

J'ai pitié de toi, j'ai pitié de toi, mon aimé.

Cependant je rentrerai dans la nuit; car il est nécessaire que tu me perdes, avant de me retrouver. Et si tu me retrouves, je t'échapperai encore.

Car je suis celle qui est seule.

Et Monelle dit encore:

Parce que je suis seule, tu me donneras le nom de Monelle. Mais tu songeras que j'ai tous les autres noms.

Et je suis celle-ci et celle-là, et celle qui n'a pas de nom.

Et je te conduirai parmi mes sœurs, qui sont moi-même, et semblables à des prostituées sans intelligence;

Et tu les verras tourmentées d'égoïsme et de volupté et de cruauté et d'orgueil et de patience et de pitié, ne s'étant point encore trouvées;

Et tu les verras aller se chercher au loin;

Et tu me trouveras toi-même et je me trouverai moi-même; et tu me perdras et je me perdrai.

Car je suis celle qui est perdue sitôt trouvée.

Et Monelle dit encore:

En ce jour une petite femme te touchera de la main et s'enfuira;

Parce que toutes choses sont fugitives; mais Monelle est la plus fugitive.

Et, avant que tu me retrouves, je t'enseignerai dans cette plaine, et tu écriras le livre de Monelle.

Et Monelle me tendit une férule creusée où brûlait un filament rose.

—Prends cette torche, dit-elle, et brûle. Brûle tout sur la terre et au ciel. Et brise la férule et éteins-la quand tu auras brûlé, car rien ne doit être transmis;

Afin que tu sois le second narthécophore et que tu détruises par le feu et que le feu descendu du ciel remonte au ciel.

Et Monelle dit encore: Je te parlerai de la destruction.

Voici la parole: Détruis, détruis, détruis. Détruis en toi-même, détruis autour de toi. Fais de la place pour ton âme et pour les autres âmes.

Détruis tout bien et tout mal. Les décombres sont semblables.

Détruis les anciennes habitations d'hommes et les anciennes habitations d'âmes; les choses mortes sont des miroirs qui déforment.

Détruis, car toute création vient de la destruction.

Et pour la bonté supérieure, il faut anéantir la bonté inférieure. Et ainsi le nouveau bien paraît saturé de mal.

Et pour imaginer un nouvel art, il faut briser l'art ancien. Et ainsi l'art nouveau semble une sorte d'iconoclastie.

Car toute construction est faite de débris, et rien n'est nouveau en ce monde que les formes.

Mais il faut détruire les formes.

Et Monelle dit encore: Je te parlerai de la formation.

Le désir même du nouveau n'est que l'appétence de l'âme qui souhaite se former.

Et les âmes rejettent les formes anciennes ainsi que les serpents leurs anciennes peaux.

Et les patients collecteurs d'anciennes peaux de serpent attristent les jeunes serpents parce qu'ils ont un pouvoir magique sur eux.

Car celui qui possède les anciennes peaux de serpent empêche les jeunes serpents de se transformer.

Voilà pourquoi les serpents dépouillent leur corps dans le conduit vert d'un fourré profond; et une fois l'an les jeunes se réunissent en cercle pour brûler les anciennes peaux.

Sois donc semblable aux saisons destructrices et formatrices.

Bâtis ta maison toi-même et brûle-la toi-même.

Ne jette pas de décombres derrière toi; que chacun se serve de ses propres ruines.

Ne construis point dans la nuit passée. Laisse tes bâtisses s'enfuir à la dérive.

Contemple de nouvelles bâtisses aux moindres élans de ton âme.

Pour tout désir nouveau, fais des dieux nouveaux.

Et Monelle dit encore: Je te parlerai des dieux.

Laisse mourir les anciens dieux; ne reste pas assis, semblable à une pleureuse auprès de leurs tombes;

Car les anciens dieux s'envolent de leurs sépulcres;

Et ne protège point les jeunes dieux en les enroulant de bandelettes;

Que tout dieu s'envole, sitôt créé;

Que toute création périsse, sitôt créée;

Que l'ancien dieu offre sa création au jeune dieu afin qu'elle soit broyée par lui;

Que tout dieu soit dieu du moment.

Et Monelle dit encore: Je te parlerai des moments.

Regarde toutes choses sous l'aspect du moment.

Laisse aller ton moi au gré du moment.

Pense dans le moment. Toute pensée qui dure est contradiction.

Aime le moment. Tout amour qui dure est haine.

Sois sincère avec le moment. Toute sincérité qui dure est mensonge.

Sois juste envers le moment. Toute justice qui dure est injustice.

Agis envers le moment. Toute action qui dure est un règne défunt.

Sois heureux avec le moment. Tout bonheur qui dure est malheur.

Aie du respect pour tous les moments, et ne fais point de liaisons entre les choses.

N'attarde pas le moment: tu lasserais une agonie.

Vois: tout moment est un berceau et un cercueil: que toute vie et toute mort te semblent étranges et nouvelles.

Et Monelle dit encore: Je te parlerai de la vie et de la mort.

Les moments sont semblables à des bâtons mi-partie blancs et noirs;

N'arrange point ta vie au moyen de dessins faits avec les moitiés blanches. Car tu trouveras ensuite les dessins faits avec les moitiés noires;

Que chaque noirceur soit traversée par l'attente de la blancheur future.

Ne dis pas: je vis maintenant, je mourrai demain. Ne divise pas la réalité entre la vie et la mort. Dis: maintenant je vis et je meurs.

Épuise à chaque moment la totalité positive et négative des choses.

La rose d'automne dure une saison; chaque matin elle s'ouvre; tous les soirs elle se ferme.

Sois semblable aux roses: offre tes feuilles à l'arrachement des voluptés, aux piétinements des douleurs.

Que toute extase soit mourante en toi, que toute volupté désire mourir.

Que toute douleur soit en toi le passage d'un insecte qui va s'envoler. Ne te referme pas sur l'insecte rongeur. Ne deviens pas amoureux de ces carabes noirs.

Que toute joie soit en toi le passage d'un insecte qui va s'envoler. Ne te referme pas sur l'insecte suceur. Ne deviens pas amoureux de ces cétoines dorées.

Que toute intelligence luise et s'éteigne en toi l'espace d'un éclair.

Que ton bonheur soit divisé en fulgurations. Ainsi ta part de joie sera égale à celle des autres.

Aie la contemplation atomistique de l'univers.

Ne résiste pas à la nature. N'appuie pas contre les choses les pieds de ton âme. Que ton âme ne détourne point son visage comme le mauvais enfant.

Va en paix avec la lumière rouge du matin et la lueur grise du soir. Sois l'aube mêlée au crépuscule.

Mêle la mort avec la vie et divise-les en moments.

N'attends pas la mort: elle est en toi. Sois son camarade et tiens-la contre toi; elle est comme toi-même.

Meurs de ta mort; n'envie pas les morts anciennes. Varie les genres de mort avec les genres de vie.

Tiens toute chose incertaine pour vivante, toute chose certaine pour morte.

―――

Et Monelle dit encore: Je te parlerai des choses mortes.

―――

Brûle soigneusement les morts, et répands leurs cendres aux quatre vents du ciel.

Brûle soigneusement les actions passées, et écrase les cendres; car le phénix qui en renaîtrait serait le même.

Ne joue pas avec les morts et ne caresse point leurs visages. Ne ris pas d'eux et ne pleure pas sur eux; oublie-les.

Ne te fie pas aux choses passées. Ne t'occupe point à construire de beaux cercueils pour les moments passés: songe à tuer les moments qui viendront.

Aie de la méfiance pour tous les cadavres.

N'embrasse pas les morts: car ils étouffent les vivants.

Aie pour les choses mortes le respect qu'on doit aux pierres à bâtir.

Ne souille pas tes mains le long des lignes usées. Purifie tes doigts dans des eaux nouvelles.

Souffle le souffle de ta bouche et n'aspire pas les haleines mortes.

Ne contemple point les vies passées plus que ta vie passée. Ne collectionne point d'enveloppes vides.

Ne porte pas en toi de cimetière. Les morts donnent la pestilence.

―――

Et Monelle dit encore: Je te parlerai de tes actions.

Que toute coupe d'argile transmise s'effrite entre tes mains. Brise toute coupe où tu auras bu.

Souffle sur la lampe de vie que le coureur te tend. Car toute lampe ancienne est fumeuse.

Ne te lègue rien à toi-même, ni plaisir, ni douleur.

Ne sois l'esclave d'aucun vêtement, ni d'âme, ni de corps.

Ne frappe jamais avec la même face de la main.

Ne te mire pas dans la mort; laisse emporter ton image dans l'eau qui court.

Fuis les ruines et ne pleure pas parmi.

Quand tu quittes tes vêtements le soir, déshabille-toi de ton âme de la journée; mets-toi à nu à tous les moments.

Toute satisfaction te semblera mortelle. Fouette-la en avant.

Ne digère pas les jours passés: nourris-toi des choses futures.

Ne confesse point les choses passées, car elles sont mortes; confesse devant toi les choses futures.

Ne descends pas cueillir les fleurs le long du chemin. Contente-toi de toute apparence. Mais quitte l'apparence, et ne te retourne pas.

Ne te retourne jamais: derrière toi accourt le halètement des flammes de Sodome, et tu serais changé en statue de larmes pétrifiées.

Ne regarde pas derrière toi. Ne regarde pas trop devant toi. Si tu regardes en toi, que tout soit blanc.

Ne t'étonne de rien par la comparaison du souvenir; étonne-toi de tout par la nouveauté de l'ignorance.

Étonne-toi de toute chose; car toute chose est différente dans la vie et semblable dans la mort.

Bâtis dans les différences; détruis dans les similitudes.

Ne te dirige pas vers des permanences; elles ne sont ni sur terre ni au ciel.

La raison étant permanente, tu la détruiras, et tu laisseras changer ta sensibilité.

Ne crains pas de te contredire: il n'y a point de contradiction dans le moment.

N'aime pas ta douleur; car elle ne durera point.

Considère tes ongles qui poussent, et les petites écailles de ta peau qui tombent.

Sois oublieux de toutes choses.

Avec un poinçon acéré tu t'occuperas à tuer patiemment tes souvenirs comme l'ancien empereur tuait les mouches.

Ne fais pas durer ton bonheur du souvenir jusqu'à l'avenir.

Ne te souviens pas et ne prévois pas.

Ne dis pas: je travaille pour acquérir: je travaille pour oublier. Sois oublieux de l'acquisition et du travail.

Lève-toi contre tout travail; contre toute activité qui excède le moment, lève-toi.

Que ta marche n'aille pas d'un bout à un autre; car il n'y a rien de tel; mais que chacun de tes pas soit une projection redressée.

Tu effaceras avec ton pied gauche la trace de ton pied droit.

La main droite doit ignorer ce que vient de faire la main droite.

Ne te connais pas toi-même.

Ne te préoccupe point de ta liberté: oublie-toi toi-même.

Et Monelle dit encore: Je te parlerai de mes paroles.
Les paroles sont des paroles tandis qu'elles sont parlées.
Les paroles conservées sont mortes et engendrent la pestilence.
Écoute mes paroles parlées et n'agis pas selon mes paroles écrites.

Ayant ainsi parlé dans la plaine, Monelle se tut et devint triste; car elle devait rentrer dans la nuit.

Et elle me dit de loin:

Oublie-moi et je te serai rendue.

Et je regardai par la plaine et je vis se lever les sœurs de Monelle.

II
LES SŒURS DE MONELLE

L'ÉGOISTE

Par la petite haie qui entourait la maison grise d'éducation au sommet de la falaise, un bras d'enfant se tendit avec un paquet noué d'une faveur rose.

—Prends ça d'abord, dit une voix de fillette. Fais attention: ça se casse. Tu m'aideras après.

Une fine pluie tombait également sur les creux du rocher, la crique profonde, et criblait le remous des vagues au pied de la falaise. Le mousse qui épiait à la clôture s'avança et dit tout bas:

—Passe donc avant, dépêche-toi.

La fillette cria:

—Non, non, non! Je ne peux pas. Il faut cacher mon papier; je veux emporter les affaires qui sont à moi. Égoïste! égoïste! va! Tu vois bien que tu me fais mouiller!

Le mousse tourna la bouche et empoigna le petit paquet. Le papier trempé creva et dans la boue roulèrent des triangles de soie jaune et violette frappés de fleurs, des bandelettes de velours, un petit pantalon de poupée en batiste, un cœur d'or creux avec une charnière, et une bobine neuve de fil rouge. La fillette passa sur la haie; elle se piqua les mains aux brindillons durs, et ses lèvres tremblèrent.

—Là, tu vois, dit-elle. Tu as été très entêté. Toutes mes choses sont gâtées.

Son nez remonta, ses sourcils se rapprochèrent, sa bouche se distendit, et elle se mit à pleurer:

—Laisse-moi, laisse-moi. Je ne veux plus de toi. Va-t'en. Tu me fais pleurer. Je vais retourner avec Mademoiselle.

Puis elle ramassa tristement ses étoffes.

—Ma jolie bobine est perdue, dit-elle. Moi qui voulais broder la robe de Lili!

Par la poche horriblement ouverte de sa courte jupe on voyait une petite tête régulière de porcelaine avec une extraordinaire tignasse de cheveux blonds.

—Viens, lui souffla le mousse. Je suis sûr que ta Mademoiselle te cherche déjà.

Elle se laissa emmener en s'essuyant les yeux avec le revers d'une menotte tachée d'encre.

—Et quoi donc encore ce matin? demanda le mousse. Hier tu ne voulais plus.

—Elle m'a battue avec son manche à balai, dit la fillette en serrant les lèvres. Battue et enfermée dans l'armoire à charbon, avec les araignées et les bêtes. Quand je reviendrai, je mettrai le balai dans son lit, je brûlerai sa maison avec le charbon et je la tuerai avec ses ciseaux. Oui. (Elle mit sa bouche en pointe.) Oh! emmène-moi loin, que je ne la revoie plus. J'ai peur de son nez pincé et de ses lunettes. Je me suis bien vengée avant de m'en aller. Figure-toi qu'elle avait le portrait de son papa et de sa maman, dans des choses de velours, sur la cheminée. Des vieux; pas comme ma maman, à moi. Toi, tu ne peux pas savoir. Je les ai barbouillés avec du sel d'oseille. Ils seront affreux. C'est bien fait. Tu pourrais me répondre, au moins.

Le mousse levait les yeux sur la mer. Elle était sombre et brumeuse. Un rideau de pluie voilait toute la baie. On ne voyait plus les écueils ni les balises. Par moments le linceul humide tissé de gouttelettes filantes se trouvait sur des paquets d'algues noires.

—On ne pourra pas marcher cette nuit, dit le mousse. Il faudra aller dans la cahute de la douane où il y a du foin.

—Je ne veux pas, c'est sale! cria la fillette.

—Tout de même, dit le mousse. As-tu envie de revoir ta Mademoiselle?

—Égoïste! dit la fillette qui éclata en sanglots. Je ne savais pas que tu étais comme ça. Si j'avais su, mon Dieu! moi qui ne te connaissais pas!

—Tu n'avais qu'à ne pas partir. Qui est-ce qui m'a appelé, l'autre matin, quand je passais sur la route?

—Moi? Oh! le menteur! Je ne serais pas partie si tu ne me l'avais pas dit. J'avais peur de toi. Je veux m'en aller. Je ne veux pas coucher dans du foin. Je veux mon lit.

—Tu es libre, dit le mousse.

Elle continua de marcher, en haussant les épaules. Après quelques instants:

—Si je veux bien, dit-elle, c'est parce que je suis mouillée, au moins.

La cahute s'étalait sur le versant de la mer, et les brins de chaume dressés dans la terre du toit ruisselaient silencieusement. Ils poussèrent la planche à l'entrée. Au fond était une sorte d'alcôve, faite avec des couvercles de caisse et remplie de foin.

La fillette s'assit. Le mousse lui enveloppa les pieds et les jambes d'herbe sèche.

—Ça pique, dit-elle.

—Ça réchauffe, dit le mousse.

Il s'assit près de la porte et guetta le temps. L'humidité le faisait grelotter faiblement.

—Tu n'as pas froid, au moins! dit la fillette. Après, tu seras malade, et qu'est-ce que je ferai, moi!

Le mousse secoua la tête. Ils restèrent sans parler. Malgré le ciel couvert, on éprouvait le crépuscule.

—J'ai faim, dit la fillette. Ce soir il y a de l'oie rôtie avec des marrons chez Mademoiselle. Oh! Tu n'as pensé à rien, toi. J'avais emporté des croûtes. Elles sont en bouillie. Tiens.

Elle tendit la main. Ses doigts étaient collés dans une panade froide.

—Je vais chercher des crabes, dit le mousse. Il y en a au bout des Pierres-Noires. Je prendrai la barque de la douane, en bas.

—J'aurai peur, toute seule.

—Tu ne veux pas manger?

Elle ne répondit rien.

Le mousse secoua les brindilles collées à sa vareuse et se glissa dehors. La pluie grise l'enveloppa. Elle entendit ses pas sucés dans la boue.

Puis il y eut des rafales, et le grand silence rythmé de l'averse. L'ombre vint, plus forte et plus triste. L'heure du dîner chez Mademoiselle était passée. L'heure du coucher était passée. Là-bas, sous les lampes d'huile suspendues, tout le monde dormait dans les lits blancs bordés. Quelques mouettes crièrent la tempête. Le vent tourbillonna et les lames canonnèrent dans les grands trous de la falaise. Dans l'attente de son dîner la fillette s'endormit, puis se réveilla. Le mousse devait jouer avec les crabes. Quel égoïste! Elle savait bien que les bateaux flottent toujours sur l'eau. Les gens se noient quand ils n'ont pas de bateau.

—Il sera bien attrapé, quand il verra que je dors, se dit-elle. Je ne lui répondrai pas un mot, je ferai semblant. Ce sera bien fait.

Vers le milieu de la nuit, elle se trouva sous le feu d'une lanterne. Un homme à caban pointu venait de la découvrir, blottie comme une souris. Sa figure était luisante d'eau et de lumière…

—Où est la barque? dit-il.

Et elle s'écria, dépitée:

—Oh! j'étais sûre! il ne m'a pas trouvé de crabes et il a perdu le bateau!

LA VOLUPTUEUSE

—Terrible, ça, dit la fillette, parce que ça saigne du sang blanc.

Elle incisait avec ses ongles des têtes vertes de pavots. Son petit camarade la regardait paisiblement. Ils avaient joué aux brigands parmi les marronniers, bombardé les roses avec des marrons frais, décapuchonné des glands nouveaux, posé le jeune chat qui miaulait sur les planches de la palissade. Le fond du jardin obscur, où montait un arbre fourchu, avait été l'île de Robinson. Une pomme d'arrosoir avait servi de conque guerrière pour l'attaque des sauvages. Des herbes à tête longue et noire, faites prisonnières, avaient été décapitées. Quelques cétoines bleues et vertes, capturées à la chasse, soulevaient lourdement leurs élytres dans le seau du puits. Ils avaient raviné le sable des allées, à force d'y faire passer des armées, avec des bâtons de parade. Maintenant, ils venaient de donner l'assaut à un tertre herbu de la prairie. Le soleil couchant les enveloppait d'une glorieuse lumière.

Ils s'établirent sur les positions conquises, un peu las, et admirèrent les lointaines brumes cramoisies de l'automne.

—Si j'étais Robinson, dit-il, et toi Vendredi, et s'il y avait une grande plage en bas, nous irions chercher des pieds de cannibales dans le sable.

Elle réfléchit et demanda:

—Est-ce que Robinson battait Vendredi pour se faire obéir?

—Je ne me rappelle plus, dit-il; mais ils ont battu les vilains vieux Espagnols, et les sauvages du pays de Vendredi.

—Je n'aime pas ces histoires, dit-elle: ce sont des jeux de garçon. Il va faire nuit. Si nous jouions à des contes: nous aurions peur pour de vrai.

—Pour de vrai?

—Tiens, crois-tu donc que la maison de l'Ogre, avec ses longues dents, ne vient pas tous les soirs au fond du bois?

Il la considéra et fit claquer ses mâchoires:

—Et quand il a mangé les sept petites princesses, ça a fait *gnam, gnam, gnam.*

—Non, pas ça, dit-elle; on ne peut être que l'Ogre ou le Petit Poucet. Personne ne sait le nom des petites princesses. Si tu veux, je vais faire la Belle qui dort dans son château, et tu viendras me réveiller. Il faudra m'embrasser très fort. Les princes embrassent terriblement, tu sais.

Il se sentit timide, et répondit:

—Je crois qu'il est trop tard pour dormir dans l'herbe. La Belle était sur son lit, dans un château entouré d'épines et de fleurs.

—Alors jouons à Barbe-Bleue, dit-elle. Je vais être ta femme et tu me défendras d'entrer dans la petite chambre. Commence: tu viens pour m'épouser. «Monsieur, je ne sais… Vos six femmes ont disparu d'une façon mystérieuse. Il est vrai que vous avez une belle et grande barbe bleue, et que vous demeurez dans un splendide château. Vous ne me ferez pas de mal, jamais, jamais?»

Elle l'implora du regard.

—Là, maintenant, tu m'as demandée en mariage, et mes parents ont bien voulu. Nous sommes mariés. Donne-moi toutes les clefs. «Et qu'est-ce que c'est que cette jolie toute petite-là?» Tu vas faire la grosse voix pour me défendre d'ouvrir.

Là, maintenant, tu t'en vas et je désobéis tout de suite. «Oh! l'horreur! six femmes assassinées!» Je m'évanouis, et tu arrives pour me soutenir. Voilà. Tu reviens en Barbe-Bleue. Fais la grosse voix. «Monseigneur, voici toutes les clefs que vous m'aviez confiées.» Tu me demandes où est la petite clef. «Monseigneur, je ne sais: je n'y ai pas touché.» Crie. «Monseigneur, pardonnez-moi, la voici: elle était tout au fond de ma poche.»

Alors tu vas regarder la clef. Il y avait du sang sur la clef?

—Oui, dit-il, une tache de sang.

—Je me rappelle, dit-elle. Je l'ai frottée, mais je n'ai pas pu l'ôter. C'était le sang des six femmes?

—Des six femmes.

—Il les avait toutes tuées, hein, parce qu'elles entraient dans la petite chambre? Comment les tuait-il? Il leur coupait la gorge, et il les suspendait dans le cabinet noir? Et le sang coulait par leurs pieds jusque sur le plancher? C'était du sang très rouge, rouge noir, pas comme le sang des pavots quand je les griffe. On vous fait mettre à genoux, pour vous couper la gorge, pas?

—Je crois qu'il faut se mettre à genoux, dit-il.

—Ça va être très amusant, dit-elle. Mais tu me couperas la gorge comme pour de vrai?

—Oui, mais, dit-il, Barbe-Bleue n'a pas pu la tuer.

—Ça ne fait rien, dit-elle. Pourquoi Barbe-Bleue n'a-t-il pas coupé la tête de sa femme?

—Parce que ses frères sont venus.

—Elle avait peur, pas?

—Très peur.

—Elle criait?

—Elle appelait sœur Anne.

—Moi, je n'aurais pas crié.

—Oui, mais, dit-il, Barbe-Bleue aurait eu le temps de te tuer. Sœur Anne était sur la tour, pour regarder l'herbe qui verdoie. Ses frères, qui étaient des mousquetaires très forts, sont arrivés au grand galop de leurs chevaux.

—Je ne veux pas jouer comme ça, dit la fillette. Ça m'ennuie. Puisque je n'ai pas de sœur Anne, voyons.

Elle se retourna gentiment vers lui:

—Puisque mes frères ne viendront pas, dit-elle, il faut me tuer, mon petit Barbe-Bleue, me tuer bien fort, bien fort!

Elle se mit à genoux. Il saisit ses cheveux, les ramena en avant, et leva la main.

Lente, les yeux clos et les cils frémissants, le coin des lèvres agité par un sourire nerveux, elle tendait le duvet de sa nuque, son cou, et ses épaules voluptueusement rentrées au tranchant cruel du sabre de Barbe-Bleue.

—Ou… ouh! cria-t-elle, ça va me faire mal!

LA PERVERSE

—Madge!

La voix monta par l'ouverture carrée du plancher. Une énorme vis de chêne poli traversait le toit rond et tournait avec un son rauque. La grande aile de toile grise clouée sur son squelette de bois s'envolait devant la lucarne parmi la poussière de soleil. Au-dessous, deux bêtes de pierre semblaient lutter régulièrement, tandis que le moulin ahanait et tremblait sur sa base. Toutes les cinq secondes, une ombre longue et droite coupait la petite chambre. L'échelle qui montait jusqu'au faîte intérieur était poudrée de farine.

—Madge, viens-tu? reprit la voix.

Madge avait appuyé sa main contre la vis de chêne. Un frottement continu lui chatouillait la peau, tandis qu'elle regardait, un peu penchée, la campagne plate. Le tertre du moulin s'y arrondissait comme une tête rasée. Les ailes tournantes frôlaient presque l'herbe courte où leurs images noires se poursuivaient sans jamais s'atteindre. Tant d'ânes semblaient avoir gratté leurs dos au ventre du mur faiblement cimenté que le crépi laissait voir les taches grises des pierres. Au bas du monticule, un sentier, creusé d'ornières desséchées, s'inclinait jusque vers le large étang où se trempaient des feuilles rouges.

—Madge, on s'en va! cria encore la voix.

—Eh bien, allez-vous-en, dit Madge tout bas.

La petite porte du moulin grinça. Elle vit trembler les deux oreilles de l'âne qui tâtait l'herbe du sabot, avec précaution. Un gros sac était affaissé sur son bât. Le vieux meunier et son garçon piquaient le derrière de l'animal. Ils descendirent tous par le chemin creux. Madge resta seule, sa tête passée dans la lucarne.

Comme ses parents l'avaient trouvée soir, étendue dans son lit à plat ventre, la bouche pleine de sable et de charbon, ils avaient consulté des médecins. Leur avis fut d'envoyer Madge à la campagne, et de lui fatiguer les jambes, le dos et les bras. Mais depuis qu'elle était au moulin, elle s'enfuyait dès l'aurore sous le petit toit, d'où elle considérait l'ombre tournoyante des ailes.

Tout à coup elle frémit de la pointe des cheveux aux talons. Quelqu'un avait soulevé le loquet de la porte.

—Qui est là? demanda Madge par l'ouverture carrée.

Et elle entendit une faible voix:

—Si l'on pouvait avoir un peu à boire: j'ai bien soif.

Madge regarda à travers les échelons. C'était un vieux mendiant de campagne. Il avait un pain dans son bissac.

—Il a du pain, se dit Madge; c'est dommage qu'il n'ait pas faim.

Elle aimait les mendiants, comme les crapauds, les limaces, et les cimetières, avec une certaine horreur.

Elle cria:

—Attendez un peu!

Puis descendit l'échelle, la face en avant. Quand elle fut en bas:

—Vous êtes bien vieux, dit-elle—et vous avez si soif?

—Oh! oui, ma bonne petite demoiselle, dit le vieil homme.

—Les mendiants ont faim, reprit Madge avec résolution. Moi j'aime le plâtre. Tenez.

Elle arracha une croûte blanche de la muraille et la mâcha. Puis elle dit:

—Tout le monde est sorti. Je n'ai pas de verre. Il y a la pompe.

Elle lui montra le manche recourbé. Le vieux mendiant se pencha. Tandis qu'il aspirait le jet, la bouche au tuyau, Madge tira subtilement le pain de son bissac et l'enfonça dans un tas de farine.

Quand il se retourna, les yeux de Madge dansaient.

—Par là, dit-elle, il y a le grand étang. Les pauvres peuvent y boire.

—Nous ne sommes pas des bêtes, dit le vieil homme.

—Non, reprit Madge, mais vous êtes malheureux. Si vous avez faim je vais voler un peu de farine et je vous en donnerai. Avec l'eau de l'étang, ce soir, vous pourrez faire de la pâte.

—De la pâte crue! dit le mendiant. On m'a donné un pain, merci bien, Mademoiselle.

—Et que feriez-vous, si vous n'aviez pas de pain? Moi, si j'étais aussi vieille, je me noierais. Les noyés doivent être très heureux. Ils doivent être beaux. Je vous plains beaucoup, mon pauvre homme.

—Dieu soit avec vous, bonne demoiselle, dit le vieil homme. Je suis bien las.

—Et vous aurez faim ce soir, lui cria Madge, pendant qu'il descendait la pente du tertre. N'est-ce pas, brave homme, vous aurez faim? Il faudra manger votre pain. Il faudra le tremper dans l'eau de l'étang, si vos dents sont mauvaises. L'étang est très profond.

Madge écouta jusqu'à ne plus entendre le bruit de ses pas. Elle tira doucement le pain de la farine, et le regarda. C'était une miche noire de village, maintenant tachée de blanc.

—Pouah! dit-elle. Si j'étais pauvre, je volerais du pain blond dans les belles boulangeries.

Quand le maître meunier rentra, Madge était couchée sur le dos, la tête dans la mouture. Elle serrait la miche sur sa taille, avec les deux mains; et, les yeux proéminents, les joues gonflées, un bout de langue violette entre les dents serrées, elle tâchait d'imiter l'image qu'elle se faisait d'une personne noyée.

Après qu'on eut mangé la soupe:

—Maître, dit Madge, n'est-ce pas qu'autrefois, il y a longtemps, longtemps, vivait dans ce moulin un géant énorme, qui faisait son pain avec des os d'hommes morts?

Le meunier dit:

—C'est des contes. Mais sous la colline, il y a des chambres de pierre qu'une société a voulu m'acheter, pour fouiller. Plus souvent je démolirais mon moulin. Ils n'ont qu'à ouvrir les vieilles tombes, dans leurs villes. Elles pourrissent assez.

—Ça devait craquer, hein, des os de morts, dit Madge. Plus que votre blé, maître! Et le géant faisait du très bon pain avec, très bon: et il le mangeait— oui, il le mangeait.

Le garçon Jean haussa les épaules. L'ahan du moulin s'était tu. Le vent n'enflait plus les ailes. Les deux bêtes circulaires de pierre avaient cessé de lutter. L'une pesait sur l'autre, silencieusement.

—Jean m'a dit, dans le temps, maître, reprit encore Madge, qu'on peut retrouver les noyés avec un pain où on a mis du vif-argent. On fait un petit trou dans la croûte et on verse. On jette le pain à l'eau, et il s'arrête juste sur le noyé.

—Est-ce que je sais? dit le meunier. C'est pas des occupations de jeunes demoiselles. En voilà des histoires, Jean!

—C'est mademoiselle Madge qui m'a demandé, répondit le garçon.

—Moi je mettrais du plomb de chasse, dit Madge. Il n'y a pas de vif-argent ici. Peut-être qu'on trouverait des noyés dans l'étang.

Devant la porte, elle attendit le crépuscule, son pain sous son tablier, du petit plomb serré dans le poing. Le mendiant devait avoir eu faim. Il s'était noyé dans l'étang. Elle ferait revenir son corps, et, comme le géant, elle pourrait moudre de la farine et pétrir de la pâte avec des os d'homme mort.

LA DÉÇUE

A la jonction de ces deux canaux, il y avait une écluse haute et noire; l'eau dormante était verte jusqu'à l'ombre des murailles; contre la cabane de l'éclusier, en planches goudronnées, sans une fleur, les volets battaient sous le vent; par la porte mi-ouverte, on voyait la mince figure pâle d'une petite fille, les cheveux éparpillés, la robe ramenée entre les jambes. Des orties s'abaissaient et se levaient sur la marge du canal; il y avait une volée de graines ailées du bas automne, et de petites bouffées de poussière blanche. La cabane semblait vide; la campagne était morne; une bande d'herbe jaunâtre se perdait à l'horizon.

Comme la courte lumière du jour défaillait, on entendit le souffle du petit remorqueur. Il parut au delà de l'écluse, avec le visage taché de charbon du chauffeur qui regardait indolemment par sa porte de tôle; et à l'arrière une chaîne se déroulait dans l'eau. Puis venait, flottante et paisible, une barge brune, large et aplatie; elle portait au milieu une maisonnette blanchement tenue, dont les petites vitres étaient rondes et rissolées; des volubilis rouges et jaunes rampaient autour des fenêtres, et sur les deux côtés du seuil il y avait des auges de bois pleines de terre avec des muguets, du réséda et des géraniums.

Un homme, qui faisait claquer une blouse trempée sur le bord de la barge, dit à celui qui tenait la gaffe:

—Mahot, veux-tu casser la croûte en attendant l'écluse?

—Ça va, répondit Mahot.

Il rangea la gaffe, enjamba une pile creuse de corde roulée, et s'assit entre les deux auges de fleurs. Son compagnon lui frappa sur l'épaule, entra dans la maisonnette blanche, et rapporta un paquet de papier gras, une miche longue et un cruchon de terre. Le vent fit sauter l'enveloppe huileuse sur les touffes de muguet. Mahot la reprit et la jeta vers l'écluse. Elle vola entre les pieds de la petite fille.

—Bon appétit, là-haut, cria l'homme; nous autres, on dîne.

Il ajouta:

—L'Indien, pour vous servir, ma payse. Tu pourras dire aux copains que nous avons passé par là.

—Es-tu blagueur, Indien, dit Mahot. Laisse donc cette jeunesse. C'est parce qu'il a la peau brune, Mademoiselle; nous l'appelons comme ça sur les chalands.

Et une petite voix fluette leur répondit:

—Où allez-vous, la barge?

—On mène du charbon dans le Midi, cria l'Indien.

—Où il y a du soleil? dit la petite voix.

—Tant que ça a tanné le cuir au vieux, répondit Mahot.

Et la petite voix reprit, après un silence:

—Voulez-vous me prendre avec vous, la barge?

Mahot s'arrêta de mâcher sa liche. L'Indien posa le cruchon pour rire.

—Voyez donc—*la barge*! dit Mahot. Mademoiselle Bargette! Et ton écluse? On verra ça demain matin. Le papa ne serait pas content.

—On se fait donc vieux dans le patelin? demanda l'Indien.

La petite voix ne dit plus rien, et la mince figure pâle rentra dans la cabane.

La nuit ferma les murailles du canal. L'eau verte monta le long des portes d'écluse. On ne voyait plus que la lueur d'une chandelle derrière les rideaux rouges et blancs, dans la maisonnette. Il y eut des clapotis réguliers contre la quille, et la barge se balançait en s'élevant. Un peu avant l'aube, les gonds grincèrent avec un roulement de chaîne et, l'écluse s'ouvrant, le bateau flotta plus loin, traîné par le petit remorqueur au souffle épuisé. Comme les vitres rondes reflétaient les premières nuées rouges, la barge avait quitté cette campagne morne, où le vent froid souffle sur les orties.

L'Indien et Mahot furent réveillés par le gazouillis tendre d'une flûte qui parlerait et de petits coups piqués aux vitres.

—Les moineaux ont eu froid, cette nuit, vieux, dit Mahot.

—Non, dit l'Indien, c'est une moinette: la gosse de l'écluse. Elle est là, parole d'honneur. Mince!

Ils ne se tinrent pas de sourire. La petite fille était rouge d'aurore, et elle dit de sa voix menue:

—Vous m'aviez permis de venir demain matin. Nous sommes demain matin. Je vais avec vous dans le soleil.

—Dans le soleil? dit Mahot.

—Oui, reprit la petite. Je sais. Où il y a des mouches vertes et des mouches bleues, qui éclairent la nuit; où il y a des oiseaux grands comme l'ongle qui vivent sur les fleurs; où les raisins montent après les arbres; où il y a du pain dans les branches et du lait dans les noix, et des grenouilles qui aboient comme les gros chiens et des... choses... qui vont dans l'eau, des... citrouilles—non—des bêtes qui rentrent leurs têtes dans une coquille. On les met sur le dos. On fait de la soupe avec. Des... citrouilles. Non... je ne sais plus... aidez-moi.

—Le diable m'emporte, dit Mahot. Des tortues, peut-être?

—Oui, dit la petite fille. Des… tortues.

—Pas tout ça, dit Mahot. Et ton papa?

—C'est papa qui m'a appris.

—Trop fort, dit l'Indien. Appris quoi?

—Tout ce que je dis, les mouches qui éclairaient, les oiseaux et les… citrouilles. Allez, papa était marin avant d'ouvrir l'écluse. Mais papa est vieux. Il pleut toujours chez nous. Il n'y a que des mauvaises plantes. Vous ne savez pas? J'avais voulu faire un jardin, un beau jardin dans notre maison. Dehors, il y a trop de vent. J'aurais enlevé les planches du parquet, au milieu; j'aurais mis de la bonne terre, et puis de l'herbe, et puis des roses, et puis des fleurs rouges qui se ferment la nuit, avec de beaux petits oiseaux, des rossignols, des bruants, et des linots pour causer. Papa m'a défendu. Il m'a dit que ça abîmerait la maison et que ça donnerait de l'humidité. Alors je n'ai pas voulu d'humidité. Alors je viens avec vous pour aller là-bas.

La barge flottait doucement. Sur les rives du canal, les arbres fuyaient à la file. L'écluse était loin. On ne pouvait virer de bord. Le remorqueur sifflait en avant.

—Mais tu ne verras rien, dit Mahot. Nous n'allons pas en mer. Jamais nous ne trouverons tes mouches, ni tes oiseaux, ni tes grenouilles. Il y aura un peu plus de soleil—voilà tout.—Pas vrai, l'Indien?

—Pour sûr, dit-il.

—Pour sûr? répéta la petite fille. Menteurs! Je sais bien, allez.

L'Indien haussa les épaules.

—Faut pas mourir de faim, dit-il, tout de même. Viens manger ta soupe, Bargette.

Et elle garda ce nom. Par les canaux gris et verts, froids et tièdes, elle leur tint compagnie sur la barge, attendant le pays des miracles. La barge longea les champs bruns, avec leurs pousses délicates: et les arbrisseaux maigres commencèrent à remuer leurs feuilles; et les moissons jaunirent, et les coquelicots se tendirent comme des coupelles rouges vers les nuages. Mais Bargette ne devint pas gaie avec l'été. Assise entre les auges de fleurs, tandis que l'Indien ou Mahot menaient la gaffe, elle pensait qu'on l'avait trompée. Car bien que le soleil jetât ses ronds joyeux sur le plancher par les petites vitres rissolées, malgré les martins-pêcheurs qui croisaient sur l'eau, et les hirondelles qui secouaient leur bec mouillé, elle n'avait pas vu les oiseaux qui vivent sur les fleurs, ni le raisin qui montait aux arbres, ni les grosses noix pleines de lait, ni les grenouilles pareilles à des chiens.

La barge était arrivée dans le Midi. Les maisons sur les bords du canal étaient feuillues et fleuries. Les portes étaient couronnées de tomates rouges, et il y avait des rideaux de piments enfilés aux fenêtres.

—C'est tout, dit un jour Mahot. On va bientôt débarquer le charbon et revenir. Le papa sera content, hein?

Bargette secoua la tête.

Et le matin, le bateau étant à l'amarre, ils entendirent encore des coups menus piqués aux vitres rondes:

—Menteurs! cria une voix fluette.

L'Indien et Mahot sortirent de la petite maison. Une mince figure pâle se tourna vers eux, sur la rive du canal; et Bargette leur cria de nouveau, s'enfuyant derrière la côte:

—Menteurs! Vous êtes tous des menteurs!

LA SAUVAGE

Le père de Bûchette la menait au bois dès le point du jour, et elle restait assise près de lui, tandis qu'il abattait les arbres. Bûchette voyait la hache s'enfoncer et faire voler d'abord de maigres copeaux d'écorce; souvent les mousses grises venaient ramper sur sa figure. «Gare!» criait le père de Bûchette, quand l'arbre s'inclinait avec un craquement qui semblait souterrain. Elle était un peu triste devant le monstre allongé dans la clairière, avec ses branches meurtries et ses rameaux blessés. Le soir un cercle rougeâtre de meules de charbon s'allumait dans l'ombre. Bûchette savait l'heure où il fallait ouvrir le panier de jonc pour tendre à son père la cruche de grès et le morceau de pain brun. Il s'étendait parmi les branchilles éclatées pour mâcher lentement. Bûchette mangeait la soupe au retour. Elle courait autour des arbres marqués, et si son père ne la regardait pas, elle se cachait pour faire: «Hou!»

Il y avait là une caverne noire qu'on appelait Sainte-Marie-Gueule-de-Loup, pleine de ronces et sonore d'échos. Haussée sur la pointe des pieds, Bûchette la considérait de loin.

Un matin d'automne, les cimes fanées de la forêt encore brûlantes d'aurore, Bûchette vit tressaillir une chose verte devant la Gueule-de-Loup. Cette chose avait des bras et des jambes, et la tête semblait d'une petite fille âgée autant que Bûchette elle-même.

D'abord Bûchette eut peur d'approcher. Elle n'osait même pas appeler son père. Elle pensait que c'était là une des personnes qui répondaient dans la Gueule-de-Loup, lorsqu'on y parlait fort. Elle ferma les yeux, craignant de remuer et d'attirer quelque attaque sinistre. Et, penchant la tête, elle entendit un sanglot qui venait de par là. Cette étrange petite fille verte pleurait. Alors Bûchette rouvrit les yeux, et elle eut de la peine. Car elle voyait la figure verte, douce et triste, mouillée de larmes, et deux petites mains vertes nerveuses se pressaient sur la gorge de la fillette extraordinaire.

—Elle est peut-être tombée dans de mauvaises feuilles, qui déteignent, se dit Bûchette.

Et, courageuse, elle traversa des fougères hérissées de crochets et de vrilles, jusqu'à toucher presque la singulière figure. Des petits bras verdoyants s'allongèrent vers Bûchette, parmi les ronces flétries.

—Elle est pareille à moi, se dit Bûchette, mais elle a une drôle de couleur.

La créature verte pleurante était demi-vêtue par une sorte de tunique faite de feuilles cousues. C'était vraiment une petite fille, qui avait la teinte d'une plante sauvage. Bûchette imaginait que ses pieds étaient enracinés en terre. Mais elle les remuait très lestement.

Bûchette lui caressa les cheveux et lui prit la main. Elle se laissa emmener, toujours pleurante. Elle semblait ne pas savoir parler.

—Hélas! mon Dieu, une diablesse verte! cria le père de Bûchette, quand il la vit venir.—D'où arrives-tu, petite, pourquoi es-tu verte? Tu ne sais pas répondre?

On ne pouvait savoir si la fille verte avait entendu. «Peut-être qu'elle a faim», dit-il. Et il lui offrit le pain et la cruche. Elle tourna le pain dans ses mains et le jeta par terre; elle secoua la cruche pour écouter le bruit du vin.

Bûchette pria son père de ne pas laisser cette pauvre créature dans la forêt, pendant la nuit. Les meules de charbon brillèrent une à une, au crépuscule, et la fille verte regardait les feux en tremblant. Quand elle entra dans la petite maison, elle s'enfuit devant la lumière. Elle ne put s'accoutumer aux flammes, et poussait un cri, chaque fois qu'on allumait la chandelle.

En la voyant, la mère de Bûchette fit le signe de croix. «Dieu m'aide, dit-elle, si c'est un démon; mais ce n'est point une chrétienne.»

Cette fille verte ne voulut toucher ni le pain, ni le sel, ni le vin, d'où il paraissait clairement qu'elle ne pouvait avoir été baptisée, ni présentée à la communion. Le curé fut averti, et il passait le seuil dans le moment où Bûchette offrait à la créature des fèves en gousse.

Elle parut très joyeuse, et se mit à fendre aussitôt la tige avec ses ongles, pensant trouver les fèves à l'intérieur. Et, déçue, elle se remit à pleurer jusqu'à ce que Bûchette lui eût ouvert une gousse. Alors elle grignota les fèves en regardant le prêtre.

Quoiqu'on fît venir le maître d'école, on ne put lui faire entendre une parole humaine, ni prononcer un son articulé. Elle pleurait, riait, ou poussait des cris.

Le curé l'examina fort soigneusement, mais ne parvint à découvrir sur son corps aucune marque du démon. Le dimanche suivant, on la conduisit à l'église, où elle ne manifesta point de signes d'inquiétude, sinon qu'elle gémit quand elle fut mouillée d'eau bénite. Mais elle ne recula pas devant l'image de la croix, et, passant ses mains sur les saintes plaies et les déchirures d'épines, elle parut affligée.

Les gens du village en eurent grande curiosité; quelques-uns de la crainte; et, malgré l'avis du curé, on parla d'elle comme de la «diablesse verte».

Elle ne se nourrissait que de graines et de fruits; et toutes les fois qu'on lui présentait les épis ou les rameaux, elle fendait la tige ou le bois, et pleurait de désappointement. Bûchette ne parvint point à lui apprendre en quel endroit il fallait chercher les grains de blé ou les cerises, et sa déception était toujours semblable.

Par imitation elle put bientôt porter du bois, de l'eau, balayer, essuyer et même coudre, bien qu'elle maniât la toile avec une certaine répulsion. Mais elle ne se résigna jamais à faire le feu, ou même à s'approcher de l'âtre.

Cependant Bûchette grandissait, et ses parents voulurent la mettre en service. Elle prit du chagrin, et le soir, sous les draps, elle sanglotait doucement. La fille verte regardait piteusement sa petite amie. Elle fixait les prunelles de Bûchette, le matin, et ses propres yeux se remplissaient de larmes. Puis la nuit, quand Bûchette pleura, elle sentit une main douce qui lui caressait les cheveux, une bouche fraîche sur sa joue.

Le terme s'approchait où Bûchette devait entrer en servitude. Elle sanglotait maintenant, presque aussi lamentable que la créature verte, le jour où on l'avait trouvée abandonnée devant la Gueule-de-Loup.

Et le dernier soir, quand le père et la mère de Bûchette furent endormis, la fille verte caressa les cheveux de la pleureuse et lui prit la main. Elle ouvrit la porte, et allongea le bras dans la nuit. De même que Bûchette l'avait conduite autrefois vers les maisons des hommes, elle l'emmena par la main vers la liberté inconnue.

LA FIDÈLE

L'amoureux de Jeanie était devenu matelot et elle était seule, toute seule. Elle écrivit une lettre et la scella de son petit doigt et la jeta dans la rivière parmi les longues herbes rouges. Ainsi elle irait jusqu'à l'Océan. Jeanie ne savait pas vraiment écrire; mais son amoureux devait comprendre puisque la lettre était d'amour. Et elle attendit longtemps la réponse venue de la mer; et la réponse ne vint pas. Il n'y avait pas de rivière pour couler de lui jusqu'à Jeanie.

Et un jour Jeanie partit à la recherche de son amoureux. Elle regardait les fleurs d'eau et leurs tiges penchées; et toutes les fleurs s'inclinaient vers elle. Et Jeanie disait en marchant: «Sur la mer il y a un bateau—dans le bateau il y a une chambre—dans la chambre il y a une cage—dans la cage il y a un oiseau—dans l'oiseau il y a un cœur—dans le cœur il y a une lettre—dans la lettre il y a écrit: J'AIME JEANIE.—J'aime Jeanie est dans la lettre, la lettre est dans le cœur, le cœur est dans l'oiseau, l'oiseau est dans la cage, la cage est dans la chambre, la chambre est dans le bateau, le bateau est très loin sur la grande mer.»

Et comme Jeanie ne craignait pas les hommes, les meuniers poussiéreux, la voyant simple et douce, l'anneau d'or au doigt, lui offraient du pain et lui permettaient de coucher parmi les sacs de farine avec un baiser blanc.

Ainsi elle traversa son pays de rochers fauves, et la contrée des basses forêts, et les prairies plates qui entourent le fleuve près des cités. Beaucoup de ceux qui hébergeaient Jeanie lui donnaient des baisers; mais elle ne les rendait jamais—car les baisers infidèles que rendent les amantes sont marqués sur leurs joues avec des traces de sang.

Elle parvint dans la ville maritime où son amoureux s'était embarqué. Sur le port, elle chercha le nom de son navire, mais elle ne put le trouver, car le navire avait été envoyé dans la mer d'Amérique, pensa Jeanie.

Des rues noires obliques descendaient aux quais des hauteurs de la ville. Certaines étaient pavées, avec un ruisseau dans le milieu; d'autres n'étaient que d'étroits escaliers faits de dalles anciennes.

Jeanie aperçut des maisons peintes en jaune et en bleu avec des têtes de négresse et des images d'oiseaux à bec rouge. Le soir, de grosses lanternes se balancèrent devant les portes. On y voyait entrer des hommes qui paraissaient ivres.

Jeanie pensa que c'étaient les hôtelleries des matelots revenant du pays des femmes noires et des oiseaux de couleur. Et elle eut un grand désir d'attendre son amoureux dans une telle hôtellerie qui avait peut-être l'odeur du lointain Océan.

Levant la tête, elle vit des figures blanches de femmes: appuyées aux fenêtres grillées où elles prenaient un peu de fraîcheur. Jeanie poussa une double porte et se trouva dans une salle carrelée, parmi des femmes demi-nues, avec des robes roses. Au fond de l'ombre chaude un perroquet faisait mouvoir lentement ses paupières. Il y avait encore un peu de mousse dans trois gros verres étranglés, sur la table.

Quatre femmes entourèrent Jeanie en riant, et elle en aperçut une autre vêtue d'étoffe sombre, qui cousait dans une petite loge.

—Elle est de la campagne, dit une des femmes.

—Chut! dit une autre, faut rien dire.

Et toutes ensemble lui crièrent:

—Veux-tu boire, mignonne?

Jeanie se laissa embrasser, et but dans un des verres étranglés. Une grosse femme vit l'anneau.

—Vous parlez, et c'est marié!

Toutes ensemble reprirent:

—T'es mariée, mignonne?

Jeanie rougit, car elle ne savait si elle était vraiment mariée, ni comment on devait répondre.

—Je les connais, ces mariées, dit une femme. Moi aussi, quand j'étais petite, quand j'avais sept ans, je n'avais pas de jupon. Je suis allée toute nue au bois pour bâtir mon église—et tous les petits oiseaux m'aidaient à travailler! Il y avait le vautour pour arracher la pierre, et le pigeon, avec son gros bec, pour la tailler, et le bouvreuil pour jouer de l'orgue. Voilà mon église de noces et ma messe.

—Mais cette mignonne a son alliance, pas? dit la grosse femme.

Et toutes ensemble crièrent:

—Vrai, une alliance?

Alors elles embrassèrent Jeanie l'une après l'autre, et la caressèrent, et la firent boire, et on parvint à faire sourire la dame qui cousait dans la petite loge.

Cependant un violon jouait devant la porte et Jeanie s'était endormie. Deux femmes la portèrent doucement sur un lit, dans une chambrette, par un petit escalier.

Puis toutes ensemble dirent:

—Faut lui donner quelque chose. Mais quoi?

Le perroquet se réveilla et jabota.

—Je vas vous dire, expliqua la grosse.

Et elle parla longuement à voix basse. Une des femmes s'essuya les yeux.

—C'est vrai, dit-elle, nous n'en avons pas eu, ça nous portera bonheur.

—Pas? elle pour nous quatre, dit une autre.

—On va demander à Madame de nous permettre, dit la grosse.

Et le lendemain, quand Jeanie s'en alla, elle avait à chaque doigt de sa main gauche un anneau d'alliance. Son amoureux était bien loin; mais elle frapperait à son cœur, pour y rentrer, avec ses cinq anneaux d'or.

LA PRÉDESTINÉE

Sitôt qu'elle fut assez haute, Ilsée eut coutume d'aller tous les matins devant sa glace et de dire: «Bonjour, ma petite Ilsée». Puis elle baisait le verre froid et fronçait les lèvres. L'image semblait venir seulement. Elle était très loin, en réalité. L'autre Ilsée, plus pâle, qui se levait des profondeurs du miroir, était une prisonnière à la bouche gelée. Ilsée la plaignait, car elle paraissait triste et cruelle. Son sourire matinal était une aube blême encore teinte de l'horreur nocturne.

Cependant Ilsée l'aimait et lui parlait: «Personne ne te dit bonjour, pauvre petite Ilsée. Embrasse-moi, tiens. Nous irons nous promener aujourd'hui, Ilsée. Mon amoureux viendra nous chercher. Viens-t'en». Ilsée se détournait, et l'autre Ilsée, mélancolique, s'enfuyait vers l'ombre lumineuse.

Ilsée lui montrait ses poupées et ses robes. «Joue avec moi. Habille-toi avec moi.» L'autre Ilsée, jalouse, élevait aussi vers Ilsée des poupées plus blanches et des robes décolorées. Elle ne parlait pas, et ne faisait que remuer les lèvres en même temps qu'Ilsée.

Quelquefois Ilsée s'irritait, comme une enfant, contre la dame muette, qui s'irritait à son tour. «Méchante, méchante Ilsée! criait-elle. Veux-tu me répondre, veux-tu m'embrasser!» Elle frappait le miroir de la main. Une étrange main, qui ne tenait à aucun corps, apparaissait devant la sienne. Jamais Ilsée ne put atteindre l'autre Ilsée.

Elle lui pardonnait durant la nuit; et, heureuse de la retrouver, elle sautait de son lit, pour l'embrasser, en lui murmurant: «Bonjour ma petite Ilsée».

Quand Ilsée eut un vrai fiancé, elle le mena devant sa glace et dit à l'autre Ilsée: «Regarde mon amoureux, et ne le regarde pas trop. Il est à moi, mais je veux bien te le faire voir. Après que nous serons mariés, je lui permettrai de t'embrasser avec moi, tous les matins». Le fiancé se mit à rire. Ilsée dans le miroir sourit aussi. «N'est-ce pas qu'il est beau et que je l'aime?» dit Ilsée. «Oui, oui», répondit l'autre Ilsée. «Si tu le regardes trop, je ne t'embrasserai plus, dit Ilsée. Je suis aussi jalouse que toi, va. Au revoir, ma petite Ilsée.»

A mesure qu'Ilsée apprit l'amour, Ilsée dans le miroir devint plus triste. Car son amie ne venait plus la baiser le matin. Elle la tenait en grand oubli. Plutôt l'image de son fiancé courait, après la nuit, vers le réveil d'Ilsée. Pendant la journée, Ilsée ne voyait plus la dame du miroir, tandis que son fiancé la regardait. «Oh! disait Ilsée, tu ne penses plus à moi, vilain. C'est l'autre que tu regardes. Elle est prisonnière; elle ne viendra jamais. Elle est jalouse de toi; mais je suis plus jalouse qu'elle. Ne la regarde pas, mon aimé; regarde moi. Méchante Ilsée du miroir, je te défends de répondre à mon fiancé. Tu ne peux pas venir; tu ne pourras jamais venir. Ne me le prends pas, méchante Ilsée. Après que nous serons mariés, je lui permettrai de t'embrasser avec moi. Ris, Ilsée. Tu seras avec nous.»

Ilsée devint jalouse de l'autre Ilsée. Si la journée baissait sans que l'aimé fût venu: «Tu le chasses, tu le chasses, criait Ilsée, avec ta mauvaise figure. Méchante, va-t-en, laisse-nous».

Et Ilsée cacha sa glace sous un linge blanc et fin. Elle souleva un pan afin d'enfoncer le dernier petit clou. «Adieu, Ilsée», dit-elle.

Pourtant son fiancé continuait à sembler las. «Il ne m'aime plus, pensa Ilsée; il ne vient plus, je reste seule, seule. Où est l'autre Ilsée? Est-elle partie avec lui?» De ses petits ciseaux d'or, elle fendit un peu la toile, pour regarder. Le miroir était couvert d'une ombre blanche.

«Elle est partie», pensa Ilsée.

—Il faut, se dit Ilsée, être très patiente. L'autre Ilsée sera jalouse et triste. Mon aimé reviendra. Je saurai l'attendre.

Tous les matins, sur l'oreiller, près de son visage, il lui semblait le voir, dans son demi-sommeil: «Oh! mon aimé, murmurait-elle, es-tu donc revenu? Bonjour, bonjour, mon petit aimé». Elle avançait la main et touchait le drap frais.

—Il faut, se dit encore Ilsée, être très patiente.

Ilsée attendit longtemps son fiancé. Sa patience se fondit en larmes. Un brouillard humide enveloppait ses yeux. Des lignes mouillées parcouraient ses joues. Toute sa figure se creusait. Chaque jour, chaque mois, chaque année la flétrissait d'un doigt plus pesant.

—Oh! mon aimé, dit Ilsée, je doute de toi.

Elle coupa le linge blanc à l'intérieur du miroir, et, dans le cadre pâle, apparut la glace, pleine de taches obscures. Le miroir était sillonné de rides claires et, là où le tain s'était séparé du verre, on voyait des lacs d'ombre.

L'autre Ilsée vint au fond de la glace, vêtue de noir, comme Ilsée, le visage amaigri, marqué par les signaux étranges du verre qui ne reflète parmi le verre qui reflète. Et le miroir semblait avoir pleuré.

—Tu es triste, comme moi, dit Ilsée.

La dame du miroir pleura. Ilsée la baisa et dit: «Bonsoir, ma pauvre Ilsée.»

Et, entrant dans sa chambre, avec sa lampe à la main, Ilsée fut surprise: car l'autre Ilsée, une lampe à la main, s'avançait vers elle, le regard triste. Ilsée leva sa lampe au-dessus de sa tête et s'assit sur son lit. Et l'autre Ilsée leva sa lampe au-dessus de sa tête et s'assit près d'elle.

—Je comprends bien, pensa Ilsée. La dame du miroir s'est délivrée. Elle est venue me chercher. Je vais mourir.

LA RÊVEUSE

Après la mort de ses parents, Marjolaine resta dans leur petite maison avec sa vieille nourrice. Ils lui avaient laissé un toit de chaume bruni et le manteau de la grande cheminée. Car le père de Marjolaine avait été conteur et bâtisseur de rêves. Quelque ami de ses belles idées lui avait prêté sa terre pour construire, un peu d'argent pour songer. Il avait longtemps mélangé diverses espèces d'argile avec des poussières de métaux, afin de cuire un sublime émail. Il avait essayé de fondre et de dorer d'étranges verreries. Il avait pétri des noyaux de pâte dure percés de «lanternes», et le bronze refroidi s'irisait comme la surface des mares. Mais il ne restait de lui que deux ou trois creusets noircis, des plaques frustes d'airain bossuées de scories, et sept grandes cruches décolorées au-dessus du foyer. Et de la mère de Marjolaine, une fille pieuse de la campagne, il ne restait rien: car elle avait vendu pour «d'argilier» même son chapelet d'argent.

Marjolaine grandit près de son père, qui portait un tablier vert, dont les mains étaient toujours terreuses et les prunelles injectées de feu. Elle admirait les sept cruches de la cheminée, enduites de fumée, pleines de mystère, semblables à un arc-en-ciel creux et ondulé. Morgiane eût fait sortir de la cruche sanglante un brigand frotté d'huile, avec un sabre couvert par des fleurs de Damas. Dans la cruche orangée, on pouvait, comme Aladdin, trouver des fruits de rubis, des prunes d'améthyste, des cerises de grenat, des coings de topaze, des grappes d'opale, et des baies de diamant. La cruche jaune était remplie de poudre d'or que Camaralzaman avait cachée sous des olives. On voyait un peu une des olives sous le couvercle, et le bord du vase était luisant. La cruche verte devait être fermée par un grand sceau de cuivre, marqué par le roi Salomon. L'âge y avait peint une couche de vert-de-gris; car cette cruche habitait autrefois l'Océan, et depuis plusieurs milliers d'années elle contenait un génie, qui était prince. Une très jeune fille sage saurait briser l'enchantement à la pleine lune, avec la permission du roi Salomon, qui a donné la voix aux mandragores. Dans la cruche bleu clair, Giauharé avait enclos toutes ses robes marines, tissées d'algues, gemmées d'algues et tachées de la pourpre des coquillages. Tout le ciel du Paradis terrestre, et les fruits riches de l'arbre, et les écailles enflammées du serpent, et le glaive ardent de l'ange étaient enfermés par la cruche bleu sombre, pareille à l'énorme cupule azurée d'une fleur australe. Et la mystérieuse Lilith avait versé tout le ciel du Paradis céleste dans la dernière cruche: car elle se dressait, violette et rigide comme le camail de l'évêque.

Ceux qui ignoraient ces choses ne voyaient que sept vieilles cruches décolorées, sur le manteau renflé de l'âtre. Mais Marjolaine savait la vérité, par les contes de son père. Au feu d'hiver, parmi l'ombre changeante des flammes du bois et de la chandelle, elle suivait des yeux, jusqu'à l'heure où elle allait dormir, le grouillement des merveilles.

Cependant la huche à pain étant vide, avec la boîte à sel, la nourrice implorait Marjolaine. «Marie-toi, disait-elle, ma fleurette aimée: votre mère pensait à Jean; veux-tu pas épouser Jean? Ma Jolaine, ma Jolaine, quelle jolie mariée tu feras!»

—La mariée de la Marjolaine a eu des chevaliers, dit la rêveuse; j'aurai un prince.

—Princesse Marjolaine, dit la nourrice, épousez Jean, tu le feras prince.

—Nenni, nourrice, dit la rêveuse; j'aime mieux filer. J'attends mes diamants et mes robes pour un plus beau génie. Achète du chanvre et des quenouilles et un fuseau poli. Nous aurons notre palais bientôt. Il est pour le moment dans un désert noir d'Afrique. Un magicien l'habite, couvert de sang et de poisons. Il verse dans le vin des voyageurs une poudre brune qui les change en bêtes velues. Le palais est éclairé de torches vives, et les nègres qui servent aux repas ont des couronnes d'or. Mon prince tuera le magicien, et le palais viendra dans notre campagne, et tu berceras mon enfant.

—O Marjolaine, épouse Jean! dit la vieille nourrice.

Marjolaine s'assit et fila. Patiemment elle tourna le fuseau, tordit le chanvre, et le détordit. Les quenouilles s'amincissaient et se regonflaient. Près d'elle Jean vint s'asseoir et l'admira. Mais elle n'y prenait point garde. Car les sept cruches de la grande cheminée étaient pleines de rêves. Pendant le jour elle croyait les entendre gémir ou chanter. Quand elle s'arrêtait de filer, la quenouille ne frémissait plus pour les cruches, et le fuseau cessait de leur prêter ses bruissements.

—O Marjolaine, épouse Jean, lui disait la vieille nourrice tous les soirs.

Mais au milieu de la nuit la rêveuse se levait. Comme Morgiane, elle jetait contre les cruches des grains de sable, pour éveiller les mystères. Et cependant le brigand continuait à dormir; les fruits précieux ne cliquetaient pas, elle n'entendait pas couler la poudre d'or, ni se froisser l'étoffe des robes, et le sceau de Salomon pesait lourdement sur le prince enfermé.

Marjolaine jetait un à un les grains de sable. Sept fois ils tintaient contre la terre dure des cruches; sept fois le silence recommençait.

—O Marjolaine, épouse Jean, lui disait la vieille nourrice tous les matins.

Alors Marjolaine fronça le sourcil lorsqu'elle voyait Jean, et Jean ne vint plus. Et la vieille nourrice fut trouvée morte, une aube, assez souriante. Et Marjolaine mit une robe noire, une cornette sombre, et continua de filer.

Toutes les nuits elle se levait, et, comme Morgiane, elle jetait contre les cruches des grains de sable pour éveiller les mystères. Et les rêves dormaient toujours.

Marjolaine devint vieille en sa patience. Mais le prince emprisonné sous le sceau du roi Salomon était toujours jeune, sans doute, ayant vécu des milliers d'années. Une nuit de pleine lune, la rêveuse se leva comme une assassine, et prit un marteau. Elle brisa furieusement six cruches, et la sueur d'angoisse coulait de son front. Les vases claquèrent et s'ouvrirent: ils étaient vides. Elle hésita devant la cruche où Lilith avait versé le Paradis violet; puis elle l'assassina comme les autres. Parmi les débris roula une rose sèche et grise de Jéricho. Quand Marjolaine voulut la faire fleurir, elle s'éparpilla en poussière.

L'EXAUCÉE

Cice replia ses jambes dans son petit lit et tendit l'oreille contre le mur. La fenêtre était pâle. Le mur vibrait et semblait dormir avec une respiration étouffée. Le petit jupon blanc s'était gonflé sur la chaise, d'où deux bas pendaient ainsi que des jambes noires molles et vides. Une robe marquait mystérieusement le mur comme si elle avait voulu grimper jusqu'au plafond. Les planches du parquet criaient faiblement dans la nuit. Le pot à eau était pareil à un crapaud blanc, accroupi dans la cuvette et humant l'ombre.

—Je suis trop malheureuse, dit Cice. Et elle se mit à pleurer dans son drap. Le mur soupira plus fort; mais les deux jambes noires restèrent inertes, et la robe ne continua pas de grimper, et le crapaud blanc accroupi ne ferma pas sa gueule humide.

Cice dit encore:

—Puisque tout le monde m'en veut, puisqu'on n'aime que mes sœurs ici, puisqu'on m'a laissé aller me coucher pendant le dîner, je m'en irai, oui, je m'en irai très loin. Je suis une Cendrillon, voilà ce que je suis. Je leur montrerai bien, moi. J'aurai un prince, moi; et elles n'auront personne, absolument personne. Et je viendrai dans ma belle voiture, avec mon prince; voilà ce que je ferai. Si elles sont bonnes, dans ce temps-là, je leur pardonnerai. Pauvre Cendrillon, vous verrez qu'elle est meilleure que vous, allez.

Son petit cœur grossit encore, pendant qu'elle enfilait ses bas et qu'elle nouait son jupon. La chaise vide resta au milieu de la chambre, abandonnée.

Cice descendit doucement à la cuisine, et pleura de nouveau, agenouillée devant l'âtre, les mains plongées dans les cendres.

Le bruit régulier d'un rouet la fit retourner. Un corps tiède et velu frôla ses jambes.

—Je n'ai pas de marraine, dit Cice, mais j'ai mon chat. Pas?

Elle tendit ses doigts, et il les lécha lentement, comme avec une petite râpe chaude.

—Viens, dit Cice.

Elle poussa la porte du jardin, et il y eut un grand souffle de fraîcheur. Une tache sombrement verdâtre marquait la pelouse; le grand sycomore frémissait, et des étoiles paraissaient suspendues entre les branches. Le potager était clair, au delà des arbres, et des cloches à melon luisaient.

Cice rasa deux bouquets d'herbes longues, qui la chatouillèrent finement. Elle courut parmi les cloches où voltigeaient de courtes lueurs.

—Je n'ai pas de marraine: sais-tu faire une voiture, chat? dit-elle.

La petite bête bâilla vers le ciel où des nuages gris chassaient.

—Je n'ai pas encore de prince, dit Cice. Quand viendra-t-il?

Assise près d'un gros chardon violacé, elle regarda la haie du potager. Puis elle ôta une de ses pantoufles, et la jeta de toutes ses forces par-dessus les groseilliers. La pantoufle tomba sur la grand'route.

Cice caressa le chat et dit:

—Écoute, chat. Si le prince ne me rapporte pas ma pantoufle, je t'achèterai des bottes et nous voyagerons pour le trouver. C'est un très beau jeune homme. Il est habillé de vert, avec des diamants. Il m'aime beaucoup, mais il ne m'a jamais vue. Tu ne seras pas jaloux. Nous demeurerons ensemble, tous les trois. Je serai plus heureuse que Cendrillon, parce que j'ai été plus malheureuse. Cendrillon allait au bal tous les soirs, et on lui donnait des robes très riches. Moi, je n'ai que toi, mon petit chat chéri.

Elle embrassa son museau de maroquin mouillé. Le chat jeta un faible miaulement et passa une patte sur son oreille. Puis il se lécha et ronronna.

Cice cueillit des groseilles vertes.

—Une pour moi, une pour mon prince, une pour toi. Une pour mon prince, une pour toi, une pour moi. Une pour toi, une pour moi, une pour mon prince. Voilà comme nous vivrons. Nous partagerons tout pour nous trois, et nous n'aurons pas de sœurs méchantes.

Les nuages gris s'étaient amassés dans le ciel. Une bande blême s'élevait vers l'Orient. Les arbres se baignaient dans une pénombre livide. Tout à coup une bouffée de vent glacé secoua le jupon de Cice. Les choses frissonnèrent. Le chardon violet s'inclina deux ou trois fois. Le chat fit le gros dos et hérissa tous ses poils.

Cice entendit au loin sur la route une rumeur grinçante de roues.

Un feu terne courut aux cimes balancées des arbres et le long du toit de la petite maison.

Puis le roulement s'approcha. Il y eut des hennissements de chevaux, et un murmure confus de voix d'hommes.

—Écoute, chat, dit Cice. Écoute. Voilà une grande voiture qui arrive. C'est la voiture de mon prince. Vite, vite: il va m'appeler.

Une pantoufle de cuir mordoré vola par-dessus les groseilliers, et tomba au milieu des cloches.

Cice courut vers la barrière d'osier et l'ouvrit.

Une voiture longue et obscure avançait pesamment. Le bicorne du cocher était éclairé par un rayon rouge. Deux hommes noirs marchaient de chaque côté des chevaux. L'arrière-train de la voiture était bas et oblong comme un cercueil. Une odeur fade flottait dans la brise d'aurore.

Mais Cice ne comprit rien de tout cela. Elle ne voyait qu'une chose: la voiture merveilleuse était là. Le cocher du prince était coiffé d'or. Le coffre lourd était plein des joyaux des noces. Ce parfum terrible et souverain l'enveloppait de royauté.

Et Cice tendit les bras en criant:

—Prince, emmenez-moi, emmenez-moi!

L'INSENSIBLE

La princesse Morgane n'aimait personne. Elle avait une candeur froide, et vivait parmi les fleurs et les miroirs. Elle piquait dans ses cheveux des roses rouges et se regardait. Elle ne voyait aucune jeune fille ni aucun jeune homme parce qu'elle se mirait dans leurs regards. Et la cruauté ou la volupté lui étaient inconnues. Ses cheveux noirs descendaient autour de son visage comme des vagues lentes. Elle désirait s'aimer elle-même: mais l'image des miroirs avait une frigidité calme et lointaine, et l'image des étangs était morne et pâle, et l'image des rivières fuyait en tremblant.

La princesse Morgane avait lu dans les livres l'histoire du miroir de Blanche-Neige qui savait parler et lui annonça son égorgement, et le conte du miroir d'Ilsée, d'où sortit une autre Ilsée qui tua Ilsée, et l'aventure du miroir nocturne de la ville de Milet qui faisait s'étrangler les Milésiennes à la nuit levante. Elle avait vu la peinture mystérieuse où le fiancé a étendu un glaive devant sa fiancée, parce qu'ils se sont rencontrés eux-mêmes dans la brume du soir: car les doubles menacent la mort. Mais elle ne craignait pas son image, puisque jamais elle ne s'était rencontrée, sinon candide et voilée, non cruelle et voluptueuse, elle-même pour elle-même. Et les lames polies d'or vert, les lourdes nappes de vif-argent ne montraient point Morgane à Morgane.

Les prêtres de son pays étaient géomanciens et adorateurs du feu. Ils disposèrent le sable dans la boîte carrée, et y tracèrent les lignes; ils calculèrent au moyen de leurs talismans de parchemin, ils firent le miroir noir avec de l'eau mélangée de fumée. Et le soir Morgane se rendit vers eux, et elle jeta dans le feu trois gâteaux d'offrande. «Voici», dit le géomancien; et il montra le miroir noir liquide. Morgane regarda: et d'abord une vapeur claire traîna par la surface, puis un cercle coloré bouillonna, puis une image s'éleva et courut légèrement. C'était une maison blanche cubique avec de longues fenêtres; et sous la troisième fenêtre pendait un grand anneau de bronze. Et tout autour de la maison régnait le sable gris. «Ceci est l'endroit, dit le géomancien, où se trouve le véritable miroir; mais notre science ne peut le fixer ni l'expliquer.»

Morgane s'inclina et jeta dans le feu trois nouveaux gâteaux d'offrande. Mais l'image vacilla, et s'obscurcit; la maison blanche s'enfonça et Morgane regarda vainement le miroir noir.

Et, au jour suivant, Morgane désira faire un voyage. Car il lui semblait avoir reconnu la couleur morne du sable et elle se dirigea vers l'Occident. Son père lui donna une caravane choisie, avec des mules à clochettes d'argent, et on la portait dans une litière dont les parois étaient des miroirs précieux.

Ainsi elle traversa la Perse, et elle examinait les hôtelleries isolées, tant celles qui sont bâties près des puits et où passent les troupes de voyageurs que les maisons décriées où les femmes chantent la nuit et battent des pièces de métal.

Et près des confins du royaume de Perse elle vit beaucoup de maisons blanches, cubiques, aux fenêtres longues; mais l'anneau de bronze n'y était point pendu. Et on lui dit que l'anneau se trouverait au pays chrétien de Syrie, à l'Occident.

Morgane passa les rives plates du fleuve qui environne la contrée des plaines humides, où croissent des forêts de réglisse. Il y avait des châteaux creusés dans une seule pierre étroite, qui était posée sur la pointe extrême, et les femmes assises au soleil sur le passage de la caravane avaient des torsades de crin roux autour du front. Et là vivent ceux qui mènent des troupeaux de chevaux, et portent des lances à pointe d'argent.

Et plus loin est une montagne sauvage habitée par des bandits qui boivent l'eau-de-vie de blé en l'honneur de leurs divinités. Ils adorent des pierres vertes de forme étrange, et se prostituent les uns aux autres parmi des cercles de buissons enflammés. Morgane eut horreur d'eux.

Et plus loin est une cité souterraine d'hommes noirs qui ne sont visités par leurs dieux que pendant leur sommeil. Ils mangent les fibres du chanvre, et se couvrent le visage avec de la poudre de craie. Et ceux qui s'enivrent avec le chanvre pendant la nuit fendent le cou de ceux qui dorment, afin de les envoyer vers les divinités nocturnes. Morgane eut horreur d'eux.

Et plus loin s'étend le désert de sable gris, où les plantes et les pierres sont pareilles au sable. Et à l'entrée de ce désert Morgane trouva l'hôtellerie de l'anneau.

Elle fit arrêter sa litière, et les muletiers déchargèrent les mules. C'était une maison ancienne, bâtie sans l'aide du ciment; et les blocs de pierre étaient blanchis par le soleil. Mais le maître de l'hôtellerie ne put lui parler du miroir: car il ne le connaissait point.

Et le soir, après qu'on eut mangé les galettes minces, le maître dit à Morgane que cette maison de l'anneau avait été dans les temps anciens la demeure d'une reine cruelle. Et elle fut punie de sa cruauté. Car elle avait ordonné de couper la tête à un homme religieux qui vivait solitaire au milieu de l'étendue de sable et faisait baigner les voyageurs avec de bonnes paroles dans l'eau du fleuve. Et aussitôt après cette reine périt, avec toute sa race. Et la chambre de la reine fut murée dans sa maison. Le maître de l'hôtellerie montra à Morgane la porte bouchée par des pierres.

Puis les voyageurs de l'hôtellerie se couchèrent dans les salles carrées et sous l'auvent. Mais vers le milieu de la nuit, Morgane éveilla ses muletiers, et fit enfoncer la porte murée. Et elle entra par la brèche poussiéreuse, avec un flambeau de fer.

Et les gens de Morgane entendirent un cri, et suivirent la princesse. Elle était agenouillée au milieu de la chambre murée, devant un plat de cuivre battu rempli de sang, et elle le regardait ardemment. Et le maître de l'hôtellerie leva les bras: car le sang du bassin n'était pas tari dans la chambre close depuis que la reine cruelle y avait fait placer une tête coupée.

Personne ne sait ce que la princesse Morgane vit dans le miroir de sang. Mais sur la route du retour ses muletiers furent trouvés assassinés, un à un, chaque nuit, leur face grise tournée vers le ciel, après qu'ils avaient pénétré dans sa litière. Et on nomma cette princesse Morgane la Rouge, et elle fut une fameuse prostituée et une terrible égorgeuse d'hommes.

LA SACRIFIÉE

Lilly et Nan étaient servantes de ferme. Elles portaient l'eau du puits, l'été, par le sentier à peine frayé dans les blés mûrs; et l'hiver, qu'il fait froid, et que les glaçillons pendillent aux fenêtres, Lilly venait coucher avec Nan. Pelotonnées sous les couvertures, elles écoutaient le vent huer. Elles avaient toujours des pièces blanches dans leurs poches, et guimpes fines à rubans cerise; blondes pareillement, et ricassières. Tous les soirs elles mettaient au coin de l'âtre un baquet de belle eau fraîche; où aussi elles trouvaient, disait-on, au saut du lit, les pièces d'argent qu'elles faisaient sonner dans leurs doigts. Car les «pixies» en jetaient au baquet après s'y être baignées. Mais Nan, ni Lilly, ni personne, n'avait vu de «pixies», sinon que, dans les contes et ballades, ce sont quelques méchantes petites choses noires avec des queues tourbillonnantes.

Une nuit, Nan oublia de tirer de l'eau; d'autant qu'on était en décembre, et que la chaîne rouillée du puits était enduite de glace. Comme elle dormait, les mains sur les épaules de Lilly, soudain elle fut pincée aux bras et aux mollets, et les cheveux de sa nuque furent cruellement tirés. Elle s'éveilla en pleurant:

«Demain je serai noire et bleue!» Et elle dit à Lilly: «Serre-moi, serre-moi: je n'ai pas mis le baquet de belle eau fraîche; mais je ne sortirai pas de mon lit, malgré tous les «pixies» du Devonshire». Alors la bonne petite Lilly l'embrassa, se leva, tira de l'eau, et plaça le baquet au coin de l'âtre. Quand elle se recoucha, Nan était endormie.

Et dans son sommeil la petite Lilly eut un rêve. Il lui sembla qu'une reine, vêtue de feuilles vertes, avec une couronne d'or sur la tête, s'approchait de son lit, la touchait et lui parlait. Elle disait: «Je suis la reine Mandosiane; Lilly, viens me chercher». Et elle disait encore: «Je suis assise dans une prairie d'émeraudes, et le chemin qui mène vers moi est de trois couleurs, jaune, bleu et vert». Et elle disait: «Je suis la reine Mandosiane; Lilly, viens me chercher».

Puis Lilly enfonça sa tête dans l'oreiller noir de la nuit et elle ne vit plus rien. Or, le matin, comme le coq chantait, il fut impossible à Nan de se lever et elle poussait des plaintes aiguës, car ses deux jambes étaient insensibles et elle ne savait les remuer. Dans la journée, les médecins la virent et par grande consultation décidèrent qu'elle resterait sans doute étendue ainsi sans jamais plus marcher. Et la pauvre Nan sanglotait: car elle ne trouverait jamais de mari.

Lilly eut grand'pitié. Épluchant les pommes d'hiver, rangeant les nèfles, barattant le beurre, essuyant le petit-lait à ses mains rougies, elle imaginait sans cesse qu'on pourrait guérir la pauvre Nan. Et elle avait oublié le rêve, lorsqu'un soir où la neige tombait dru et qu'on buvait de la bière chaude avec des rôties, un vieux vendeur de ballades frappa à la porte. Toutes les filles de fermes sautèrent autour de lui, car il avait des gants, des chansons d'amour, des rubans, des toiles de Hollande, des jarretières, des épingles et des coiffes d'or.

—Voyez la triste histoire, dit-il, de la femme de l'usurier, pendant douze mois grosse de vingt sacs d'écus, aussi prise de l'envie bien singulière de manger des têtes de vipère à la fricassée et des crapauds en carbonade.

«Voyez la ballade du grand poisson qui vint sur la côte le quatorzième jour d'avril, sortit de l'eau plus de quarante brasses, et vomit cinq boisseaux d'anneaux de mariée tout verdis par la mer.

«Voyez la chanson des trois méchantes filles du roi et de celle qui versa un verre de sang sur la barbe de son père.

«Et j'avais aussi les aventures de la reine Mandosiane; mais une coquine de bourrasque m'a tiré la dernière feuille des mains au tournant de la route.»

Aussitôt Lilly reconnut son rêve, et elle sut que la reine Mandosiane lui ordonnait de venir.

Et la même nuit, Lilly embrassa doucement Nan, mit ses souliers neufs et s'en alla seule par les routes. Or, le vieux vendeur de ballades avait disparu, et sa feuille s'était envolée si loin que Lilly ne put la trouver; de sorte qu'elle ne savait ni ce qu'était la reine Mandosiane, ni où elle devait la chercher.

Et personne ne put lui répondre, bien qu'elle demandât sur son chemin aux vieux laboureurs qui la regardaient encore de loin, en s'abritant les yeux avec la main, et aux jeunes femmes enceintes qui causaient indolemment devant leurs portes, et aux enfants qui viennent justement de parler, auxquels elle baissait les branches des mûriers par les haies. Les uns disaient: «Il n'y a plus de reines»; les autres: «Nous n'avons pas ça par ici; c'est dans les vieux temps»; les autres: «Est-ce le nom d'un joli garçon?» Et d'autres mauvais conduisirent Lilly devant une de ces maisons des villes qui sont fermées le jour, et qui, la nuit, s'ouvrent et s'éclairent, disant et affirmant que la reine Mandosiane y séjournait, vêtue d'une chemise rouge et servie par des femmes nues.

Mais Lilly savait bien que la vraie reine Mandosiane était vêtue de vert, non de rouge, et qu'il lui faudrait passer sur un chemin de trois couleurs. Ainsi elle connut le mensonge des méchants. Cependant, elle marcha bien longtemps. Certes, elle passa l'été de sa vie, trottant par la poussière blanche, pataugeant par l'épaisse boue des ornières, accompagnée par les chariots des rouliers, et, parfois, le soir, quand le ciel avait une splendide nuance rouge, suivie par les grands chars où s'entassaient des gerbes et où quelques faux luisantes se balançaient. Mais personne ne put lui parler de la reine Mandosiane.

Afin de ne pas oublier un nom si difficile, elle avait fait trois nœuds à sa jarretière. Par un midi, étant allée loin vers le soleil qui se lève, elle entra dans une route jaune sinueuse, qui bordait un canal bleu. Et le canal fléchissait avec la route et entre les deux un talus vert suivait leurs contours. Des bouquets d'arbrisseaux croissaient de part et d'autre; et aussi loin que l'œil pouvait atteindre, on ne voyait que des marécages et l'ombre verdoyante. Parmi les taches des marais s'élevaient de petites huttes coniques et la longue route s'enfonçait directement dans les nuages sanglants du ciel.

Là elle rencontra un petit garçon, dont les yeux étaient drôlement fendus, et qui halait le long du canal une lourde barque. Elle voulut lui demander s'il avait vu la reine, mais s'aperçut avec terreur qu'elle avait oublié le nom. Lors elle s'écria, et pleura, et tâta sa jarretière, en vain. Et elle s'écria plus fort, voyant qu'elle marchait sur la route de trois couleurs, faite de poussière jaune, d'un canal bleu, et d'un talus vert. De nouveau, elle toucha les trois nœuds qu'elle avait noués, et sanglota. Et le petit garçon, pensant qu'elle souffrait et ne comprenant point sa douleur, cueillit au bord de la route jaune une pauvre herbe, qu'il lui mit dans la main.

—La mandosiane guérit, dit il.

Voilà comment Lilly trouva sa reine vêtue de feuilles vertes.

Elle la serra précieusement, et retourna aussitôt sur la longue route. Et le voyage de retour fut plus lent que l'autre, car Lilly était lasse. Il lui parut qu'elle marchait depuis des années. Mais elle était joyeuse, sachant qu'elle guérirait la pauvre Nan.

Elle traversa la mer, où les vagues étaient monstrueuses. Enfin elle arriva dans le Devon, tenant l'herbe entre sa cotte et sa chemise. Et d'abord elle ne reconnut pas les arbres; et il lui parut que tous les bestiaux étaient changés. Et dans la grande salle de la ferme, elle vit une vieille femme entourée d'enfants. Courant, elle demanda Nan. La vieille, surprise, considéra Lilly et dit:

—Mais Nan est partie depuis longtemps, et mariée.

—Et guérie? demanda joyeusement Lilly.

—Guérie, oui, certes, dit la vieille.—Et toi, pauvre, n'es-tu pas Lilly?

—Oui, dit Lilly; mais quel âge puis-je donc avoir?

—Cinquante ans, n'est-ce pas, grand'mère, crièrent les enfants: elle n'est pas tout à fait si vieille que toi.

Et comme Lilly, lasse, souriait, le parfum très fort de la mandosiane la fit pâmer, et elle mourut sous le soleil. Ainsi Lilly alla chercher la reine Mandosiane et fut emportée par elle.

III
MONELLE

DE SON APPARITION

Je ne sais comment je parvins à travers une pluie obscure jusqu'à l'étrange étal qui m'apparut dans la nuit. J'ignore la ville et j'ignore l'année: je me souviens que la saison était pluvieuse, très pluvieuse.

Il est certain que dans ce même temps les hommes trouvèrent par les routes de petits enfants vagabonds qui refusaient de grandir. Des fillettes de sept ans implorèrent à genoux pour que leur âge restât immobile, et la puberté semblait déjà mortelle. Il y eut des processions blanchâtres sous le ciel livide, et de petites ombres à peine parlantes exhortèrent le peuple puéril. Rien n'était désiré par elles qu'une ignorance perpétuée. Elles souhaitaient se vouer à des jeux éternels. Elles désespéraient du travail de la vie. Tout n'était que passé pour elles.

En ces jours mornes, sous cette saison pluvieuse, très pluvieuse, j'aperçus les minces lumières filantes de la petite vendeuse de lampes.

Je m'approchai sous l'auvent, et la pluie me courut sur la nuque tandis que je penchais la tête.

Et je lui dis:

—Que vendez-vous donc là, petite vendeuse, par cette triste saison de pluie?

—Des lampes, me répondit-elle, seulement des lampes allumées.

—Et, en vérité, lui dis-je, que sont donc ces lampes allumées, hautes comme le petit doigt, et qui brûlent d'une lumière menue comme une tête d'épingle?

—Ce sont, dit-elle, les lampes de cette saison ténébreuse. Et autrefois ce furent des lampes de poupée. Mais les enfants ne veulent plus grandir. Voilà pourquoi je leur vends ces petites lampes qui éclairent à peine la pluie obscure.

—Et vivez-vous donc ainsi, lui dis-je, petite vendeuse vêtue de noir, et mangez-vous par l'argent que vous payent les enfants pour vos lampes?

—Oui, dit-elle, simplement. Mais je gagne bien peu. Car la pluie sinistre éteint souvent mes petites lampes, au moment où je les tends pour les donner. Et quand elles sont éteintes, les enfants n'en veulent plus. Personne ne peut les rallumer. Il ne me reste que celles-ci. Je sais bien que je ne pourrai en trouver d'autres. Et quand elles seront vendues, nous demeurerons dans l'obscurité de la pluie.

—Est-ce donc la seule lumière, dis-je encore, de cette morne saison; et comment éclairerait-on, avec une si petite lampe, les ténèbres mouillées?

—La pluie les éteint souvent, dit-elle, et dans les champs ou par les rues elles ne peuvent plus servir. Mais il faut s'enfermer. Les enfants abritent mes petites lampes avec leurs mains et s'enferment. Ils s'enferment chacun avec sa lampe et un miroir. Et elle suffit pour leur montrer leur image dans le miroir.

Je regardai quelques instants les pauvres flammes vacillantes.

—Hélas! dis-je, petite vendeuse, c'est une triste lumière, et les images des miroirs doivent être de tristes images.

—Elles ne sont point si tristes, dit l'enfant vêtue de noir en secouant la tête, tant qu'elles ne grandissent pas. Mais les petites lampes que je vends ne sont pas éternelles. Leur flamme décroît, comme si elles s'affligeaient de la pluie obscure. Et quand mes petites lampes s'éteignent, les enfants ne voient plus la lueur du miroir et se désespèrent. Car ils craignent de ne pas savoir l'instant où ils vont grandir. Voilà pourquoi ils s'enfuient en gémissant dans la nuit. Mais il ne m'est permis de vendre à chaque enfant qu'une seule lampe. S'ils essaient d'en acheter une seconde, elle s'éteint dans leurs mains.

Et je me penchai un peu plus vers la petite vendeuse, et je voulus prendre une de ses lampes.

—Oh! il n'y faut pas toucher, dit-elle. Vous avez passé l'âge où mes lampes brûlent. Elles ne sont faites que pour les poupées ou les enfants. N'avez-vous point chez vous une lampe de grande personne?

—Hélas! dis-je, par cette saison pluvieuse de pluie obscure, dans ce morne temps ignoré, il n'est plus que vos lampes d'enfants qui brûlent. Et je désirais, moi aussi, regarder encore une fois la lueur du miroir.

—Venez, dit-elle, nous regarderons ensemble.

Par un petit escalier vermoulu, elle me conduisit dans une chambre de bois simple où il y avait un éclat de miroir au mur.

—Chut, dit-elle, et je vous montrerai. Car ma propre lampe est plus claire et plus puissante que les autres; et je ne suis pas trop pauvre parmi ces pluvieuses ténèbres. Et elle leva sa petite lampe vers le miroir.

Alors il y eut un pâle reflet où je vis circuler des histoires connues. Mais la petite lampe mentait, mentait, mentait. Je vis la plume se soulever sur les lèvres de Cordelia; et elle souriait, et guérissait; et avec son vieux père elle vivait dans une grande cage comme un oiseau, et elle baisait sa barbe blanche. Je vis Ophélie jouer sur l'eau vitrée de l'étang, et attacher au cou d'Hamlet ses bras humides enguirlandés de violettes. Je vis Desdémone réveillée errer sous les saules. Je vis la princesse Maleine ôter ses deux mains des yeux du vieux roi, et rire, et danser. Je vis Mélisande, délivrée, se mirer dans la fontaine.

Et je m'écriai: Petite lampe menteuse…

—Chut! dit la petite vendeuse de lampes, et elle me mit la main sur les lèvres. Il ne faut rien dire. La pluie n'est-elle pas assez obscure?

Alors je baissai la tête et je m'en allai vers la nuit pluvieuse dans la ville inconnue.

DE SA VIE

Je ne sais pas où Monelle me prit par la main. Mais je pense que ce fut dans une soirée d'automne, quand la pluie est déjà froide.

—Viens jouer avec nous, dit-elle.

Monelle portait dans son tablier des vieilles poupées et des volants dont les plumes étaient fripées et les galons ternis.

Sa figure était pâle et ses yeux riaient.

—Viens jouer, dit-elle. Nous ne travaillons plus, nous jouons.

Il y avait du vent et de la boue. Les pavés luisaient. Tout le long des auvents de boutique l'eau tombait, goutte à goutte. Des filles frissonnaient sur le seuil des épiceries. Les chandelles allumées semblaient rouges.

Mais Monelle tira de sa poche un dé de plomb, un petit sabre d'étain, une balle de caoutchouc.

—Tout cela est pour eux, dit-elle. C'est moi qui sors pour acheter les provisions.

—Et quelle maison avez-vous donc, et quel travail, et quel argent, petite...

—Monelle, dit la fillette en me serrant la main. Ils m'appellent Monelle. Notre maison est une maison où on joue: nous avons chassé le travail, et les sous que nous avons encore nous avaient été donnés pour acheter des gâteaux. Tous les jours je vais chercher des enfants dans la rue, et je leur parle de notre maison, et je les amène. Et nous nous cachons bien pour qu'on ne nous trouve pas. Les grandes personnes nous forceraient à rentrer et nous prendraient tout ce que nous avons. Et nous, nous voulons rester ensemble et jouer.

—Et à quoi jouez-vous, petite Monelle?

—Nous jouons à tout. Ceux qui sont grands se font des fusils et des pistolets; et les autres jouent à la raquette, sautent à la corde, se jettent la balle; ou les autres dansent des rondes et se prennent les mains; ou les autres dessinent sur les vitres les belles images qu'on ne voit jamais et soufflent des bulles de savon; ou les autres habillent leurs poupées et les mènent promener, et nous comptons sur les doigts des tout petits pour les faire rire.

La maison où Monelle me conduisit paraissait avoir des fenêtres murées. Elle s'était détournée de la rue, et toute sa lumière venait d'un profond jardin. Et déjà là j'entendis des voix heureuses.

Trois enfants vinrent sauter autour de nous.

—Monelle, Monelle! criaient-ils, Monelle est revenue!

Ils me regardèrent et murmurèrent:

—Comme il est grand! Est-ce qu'il jouera, Monelle?

Et la fillette leur dit:

—Bientôt les grandes personnes viendront avec nous. Elles iront vers les petits enfants. Elles apprendront à jouer. Nous leur ferons la classe, et, dans notre classe, on ne travaillera jamais. Avez-vous faim?

Des voix crièrent:

—Oui, oui, oui, il faut faire la dînette.

Alors furent apportées des petites tables rondes, et des serviettes grandes comme des feuilles de lilas, et des verres profonds comme des dés à coudre, et des assiettes creuses comme des coquilles de noix. Le repas fut de chocolat et de sucre en miettes; et le vin ne pouvait pas couler dans les verres, car les petites fioles blanches, longues comme le petit doigt, avaient le cou trop mince.

La salle était vieille et haute. Partout brûlaient des petites chandelles vertes et roses dans les chandeliers d'étain minuscules. Contre les murs, les petites glaces rondes paraissaient des pièces de monnaie changées en miroirs. On ne reconnaissait les poupées d'entre les enfants que par leur immobilité. Car elles restaient assises dans leurs fauteuils, ou se coiffaient, les bras levés, devant de petites toilettes, ou elles étaient déjà couchées, le drap ramené jusqu'au menton, dans leurs petits lits de cuivre. Et le sol était jonché de la fine mousse verte qu'on met dans les bergeries de bois.

Il semblait que cette maison fût une prison ou un hôpital. Mais une prison où on enfermait des innocents pour les empêcher de souffrir, un hôpital où on guérissait du travail de la vie. Et Monelle était la geôlière et l'infirmière.

La petite Monelle regardait jouer les enfants. Mais elle était très pâle. Peut-être avait-elle faim.

—De quoi vivez-vous, Monelle? lui dis-je tout à coup.

Et elle me répondit simplement:

—Nous ne vivons de rien. Nous ne savons pas.

Aussitôt elle se prit à rire. Mais elle était très faible.

Et elle s'assit au pied du lit d'un enfant qui était malade. Elle lui tendit une des petites bouteilles blanches, et resta longtemps penchée, les lèvres entr'ouvertes.

Il y avait des enfants qui dansaient une ronde et qui chantaient à voix claire. Monelle leva un peu la main, et dit:

—Chut!

Puis elle parla, doucement, avec ses petites paroles. Elle dit:

—Je crois que je suis malade. Ne vous en allez pas. Jouez autour de moi. Demain, une autre ira chercher de beaux jouets. Je resterai avec vous. Nous nous amuserons sans faire de bruit. Chut! Plus tard, nous jouerons dans les rues et dans les champs, et on nous donnera à manger dans toutes les boutiques. Maintenant on nous forcerait à vivre comme les autres. Il faut attendre. Nous aurons beaucoup joué.

Monelle dit encore:

—Aimez-moi bien. Je vous aime tous.

Puis elle parut s'endormir près de l'enfant malade.

Tous les autres enfants la regardaient, la tête avancée.

Il y eut une petite voix tremblante qui dit faiblement: «Monelle est morte». Et il se fit un grand silence.

Les enfants apportèrent autour du lit les petites chandelles allumées. Et, pensant qu'elle dormait peut-être, ils rangèrent devant elle, comme pour une poupée, de petits arbres vert clair taillés en pointe et les placèrent parmi les moutons de bois blanc pour la regarder. Ensuite ils s'assirent et la guettèrent. Un peu de temps après, l'enfant malade, sentant que la joue de Monelle devenait froide, se mit à pleurer.

DE SA FUITE

Il y avait un enfant qui avait eu coutume de jouer avec Monelle. C'était au temps ancien, quand Monelle n'était pas encore partie. Toutes les heures du jour, il les passait auprès d'elle, regardant trembler ses yeux. Elle riait sans cause et il riait sans cause. Quand elle dormait, ses lèvres entr'ouvertes étaient en travail de bonnes paroles. Quand elle s'éveillait, elle se souriait, sachant qu'il allait venir.

Ce n'était pas un véritable jeu qu'on jouait: car Monelle était obligée de travailler. Si petite, elle restait assise tout le jour derrière une vieille vitre pleine de poussière. La muraille d'en face était aveuglée de ciment, sous la triste lumière du nord. Mais les petits doigts de Monelle couraient dans le linge, comme s'ils trottaient sur une route de toile blanche et les épingles piquées sur ses genoux marquaient les relais. La main droite était ramassée comme un petit chariot de chair, et elle avançait, laissant derrière elle un sillon ourlé; et crissant, crissant, l'aiguille dardait sa langue d'acier, plongeait et émergeait, tirant le long fil par son œil d'or. Et la main gauche était bonne à voir, parce qu'elle caressait doucement la toile neuve, et la soulageait de tous ses plis, comme si elle avait bordé en silence les draps frais d'un malade.

Ainsi l'enfant regardait Monelle et se réjouissait sans parler, car son travail semblait un jeu, et elle lui disait des choses simples qui n'avaient point beaucoup de sens. Elle riait au soleil, elle riait à la pluie, elle riait à la neige. Elle aimait être chauffée, mouillée, gelée. Si elle avait de l'argent, elle riait, pensant qu'elle irait danser avec une robe nouvelle. Si elle était misérable, elle riait, pensant qu'elle mangerait des haricots, une grosse provision pour une semaine. Et elle songeait, ayant des sous, à d'autres enfants qu'elle ferait rire; et elle attendait, sa petite main vide, de pouvoir se pelotonner et se nicher dans sa faim et sa pauvreté.

Elle était toujours entourée d'enfants qui la considéraient avec des yeux élargis. Mais elle préférait peut-être l'enfant qui venait passer près d'elle les heures du jour. Cependant elle partit et le laissa seul. Elle ne lui parla jamais de son départ, sinon qu'elle devint plus grave, et le regarda plus longtemps. Et il se souvint aussi qu'elle cessa d'aimer tout ce qui l'entourait: son petit fauteuil, les bêtes peintes qu'on lui apportait, et tous ses jouets, et tous ses chiffons. Et elle rêvait, le doigt sur la bouche, à d'autres choses.

Elle partit dans un soir de décembre, quand l'enfant n'était pas là. Portant à la main sa petite lampe haletante, elle entra, sans se retourner, dans les ténèbres. Comme l'enfant arrivait, il aperçut encore à l'extrémité noire de la rue étroite une courte flamme qui soupirait. Ce fut tout. Il ne revit jamais Monelle.

Longtemps il se demanda pourquoi elle était partie sans rien dire. Il pensa qu'elle n'avait pas voulu être triste de sa tristesse. Il se persuada qu'elle était allée vers d'autres enfants qui avaient besoin d'elle. Avec sa petite lampe agonisante, elle était allée leur porter secours, le secours d'une flammèche rieuse dans la nuit. Peut-être avait-elle songé qu'il ne fallait pas l'aimer trop, lui seul, afin de pouvoir aimer aussi d'autres petits inconnus. Peut-être l'aiguille avec son œil d'or ayant tiré le petit chariot de chair jusqu'au bout, jusqu'à l'extrême bout du sillon ourlé, Monelle était-elle devenue lasse de la route écrue de toile où trottaient ses mains. Sans doute elle avait voulu jouer éternellement. Et l'enfant n'avait point su le moyen du jeu éternel. Peut-être avait-elle désiré enfin voir ce qu'il y avait derrière la vieille muraille aveugle, dont tous les yeux étaient fermés, depuis les années, avec du ciment. Peut-être qu'elle allait revenir. Au lieu de dire: «au revoir, attends-moi,—sois sage!» pour qu'il épiât le bruit de petits pas dans le corridor et le cliquètement de toutes les clés dans les serrures, elle s'était tue, et viendrait, par surprise, dans son dos, mettre deux menottes tièdes sur ses yeux—ah oui!—et crierait: «coucou!» avec la voix de l'oisillon revenu près du feu.

Il se rappela le premier jour qu'il la vit, sautillant comme une frêle blancheur flamboyante toute secouée de rire. Et ses yeux étaient des yeux d'eau où les pensées se mouvaient comme des ombres de plantes. Là, au détour de la rue, elle était venue, bonnement. Elle avait ri, avec des éclats lents, semblables à la vibration cessante d'une coupe de cristal. C'était au crépuscule d'hiver, et il y avait du brouillard; cette boutique était ouverte—ainsi. Le même soir, les mêmes choses autour, le même bourdon aux oreilles: l'année différente et l'attente. Il avançait avec précaution; toutes les choses étaient pareilles, comme la première fois; mais il l'attendait: n'était-ce pas une raison pour qu'elle vînt? Et il tendait sa pauvre main ouverte à travers le brouillard.

Cette fois, Monelle ne sortit pas de l'inconnu. Aucun petit rire n'agita la brume. Monelle était loin, et ne se souvenait plus du soir ni de l'année. Qui sait? Elle s'était glissée peut-être à la nuit dans la chambrette inhabitée et le guettait derrière la porte avec un tressaillement doux. L'enfant marcha sans bruit, pour la surprendre. Mais elle n'était plus là. Elle allait revenir,—oh! oui,—elle allait revenir. Les autres enfants avaient eu assez de bonheur d'elle. C'était à son tour, maintenant. L'enfant entendit sa voix malicieuse murmurant: «Je suis sage aujourd'hui!» Petite parole disparue, lointaine, effacée comme une ancienne teinte, usée déjà par les échos du souvenir.

L'enfant s'assit patiemment. Là était le petit fauteuil d'osier, marqué de son corps, et le tabouret qu'elle aimait, et la petite glace plus chérie parce qu'elle était cassée, et la dernière chemisette qu'elle avait cousue, la chemisette «qui s'appelait Monelle», dressée, un peu gonflée, attendant sa maîtresse.

Toutes les petites choses de la chambre l'attendaient. La table à ouvrage était restée ouverte. Le petit mètre dans sa boîte ronde allongeait sa langue verte, percée d'un anneau. La toile dépliée des mouchoirs se soulevait en petites collines blanches. Les pointes des aiguilles se dressaient derrière, semblables à des lances embusquées. Le petit dé de fer ouvragé était un chapeau d'armes abandonné. Les ciseaux ouvraient indolemment la gueule comme un dragon d'acier. Ainsi tout dormait dans l'attente. Le petit chariot de chair, souple et agile, ne circulait plus, versant sur ce monde enchanté sa tiède chaleur. Tout l'étrange petit château de travail sommeillait. L'enfant espérait. La porte allait s'ouvrir, doucement; la flammèche rieuse volèterait; les collines blanches s'étaleraient; les fines lances se choqueraient; le chapeau d'armes retrouverait sa tête rose; le dragon d'acier claquerait rapidement de la gueule, et le petit chariot de chair trottinerait partout, et la voix effacée dirait encore: «Je suis sage aujourd'hui!»—Est-ce que les miracles n'arrivent pas deux fois?

DE SA PATIENCE

J'arrivai dans un lieu très étroit et obscur, mais parfumé d'une odeur triste de violettes étouffées. Et il n'y avait nul moyen d'éviter cet endroit, qui est comme un long passage. Et, tâtonnant autour de moi, je touchai un petit corps ramassé comme jadis dans le sommeil, et je frôlai des cheveux, et je passai la main sur une figure que je connaissais, et il me parut que la petite figure se fronçait sous mes doigts, et je reconnus que j'avais trouvé Monelle qui dormait seule en ce lieu obscur.

Je m'écriai de surprise, et je lui dis, car elle ne pleurait ni ne riait:

—O Monelle! es-tu donc venue dormir ici, loin de nous, comme une patiente gerboise dans le creux du sillon?

Et elle élargit ses yeux et entr'ouvrit ses lèvres, comme autrefois, lorsqu'elle ne comprenait point, et qu'elle implorait l'intelligence de celui qu'elle aimait.

—O Monelle, dis-je encore, tous les enfants pleurent dans la maison vide; et les jouets se couvrent de poussière, et la petite lampe s'est éteinte, et tous les rires qui étaient dans tous les coins se sont enfuis, et le monde est retourné au travail. Mais nous te pensions ailleurs. Nous pensions que tu jouais loin de nous, en un lieu où nous ne pouvons parvenir. Et voici que tu dors, nichée comme un petit animal sauvage, au-dessous de la neige que tu aimais pour sa blancheur.

Alors elle parla, et sa voix était la même, chose étrange, en ce lieu obscur, et je ne pus m'empêcher de pleurer, et elle essuya mes larmes avec ses cheveux, car elle était très dénuée.

—O mon chéri, dit-elle, il ne faut point pleurer; car tu as besoin de tes yeux pour travailler, tant qu'on vivra en travaillant, et les temps ne sont pas venus. Et il ne faut pas rester en ce lieu froid et obscur.

Et je sanglotai alors et lui dis:

—O Monelle, mais tu craignais les ténèbres?

—Je ne les crains plus, dit-elle.

—O Monelle, mais tu avais peur du froid comme de la main d'un mort?

—Je n'ai plus peur du froid, dit-elle.

—Et tu es toute seule ici, toute seule, étant enfant, et tu pleurais quand tu étais seule.

—Je ne suis plus seule, dit-elle; car j'attends.

—O Monelle, qui attends-tu, dormant roulée en ce lieu obscur?

—Je ne sais pas, dit-elle; mais j'attends. Et je suis avec mon attente.

Et je m'aperçus alors que tout son petit visage était tendu vers une grande espérance.

—Il ne faut pas rester ici, dit-elle encore, en ce lieu froid et obscur, mon aimé; retourne vers tes amis.

—Ne veux-tu point me guider et m'enseigner, Monelle, pour que j'aie aussi la patience de ton attente? Je suis si seul!

—O mon aimé, dit-elle, je serais malhabile à t'enseigner comme autrefois, quand j'étais, disais-tu, une petite bête; ce sont des choses que tu trouveras sûrement par longue et laborieuse réflexion, ainsi que je les ai vues tout d'un coup pendant que je dors.

—Es-tu nichée ainsi, Monelle, sans le souvenir de ta vie passée, ou te souviens-tu encore de nous?

—Comment pourrais-je, mon aimé, t'oublier? Car vous êtes dans mon attente, contre laquelle je dors; mais je ne puis expliquer. Tu te rappelles, j'aimais beaucoup la terre, et je déracinais les fleurs pour les replanter; tu te rappelles, je disais souvent: «Si j'étais un petit oiseau, tu me mettrais dans ta poche, quand tu partirais». O mon aimé, je suis ici dans la bonne terre, comme une graine noire, et j'attends d'être petit oiseau.

—O Monelle, tu dors avant de t'envoler très loin de nous.

—Non, mon aimé, je ne sais si je m'envolerai; car je ne sais rien. Mais je suis roulée en ce que j'aimais, et je dors contre mon attente. Et avant de m'endormir, j'étais une petite bête, comme tu disais, car j'étais pareille à un vermisseau nu. Un jour, nous avons trouvé ensemble un cocon tout blanc, tout soyeux, et qui n'était percé d'aucun trou. Méchant, tu l'as ouvert, et il était vide. Penses tu que la petite bête ailée n'en était pas sortie? Mais personne ne peut savoir comment. Et elle avait dormi longtemps. Et avant de dormir elle avait été un petit ver nu; et les petits vers sont aveugles. Figure-toi, mon aimé (ce n'est pas vrai, mais voilà comme je pense souvent), que j'ai tissé mon petit cocon avec ce que j'aimais, la terre, les jouets, les fleurs, les enfants, les petites paroles, et le souvenir de toi, mon aimé; c'est une niche blanche et soyeuse, et elle ne me paraît pas froide ni obscure. Mais elle n'est peut-être pas ainsi pour les autres. Et je sais bien qu'elle ne s'ouvrira point, et qu'elle restera fermée comme le cocon d'autrefois. Mais je n'y serai plus, mon aimé. Car mon attente est de m'en aller ainsi que la petite bête ailée; personne ne peut savoir comment. Et où je veux aller, je n'en sais rien; mais c'est mon attente. Et les enfants aussi, et toi, mon aimé, et le jour où on ne travaillera plus sur terre sont mon attente. Je suis toujours une petite bête, mon aimé; je ne sais pas mieux expliquer.

—Il faut, il faut, dis-je, que tu sortes avec moi de ce lieu obscur, Monelle; car je sais que tu ne penses pas ces choses; et tu t'es cachée pour pleurer; et puisque je t'ai trouvée enfin toute seule, dormant ici, toute seule, attendant ici, viens avec moi, viens avec moi, hors de ce lieu obscur et étroit.

—Ne reste pas, ô mon aimé, dit Monelle, car tu souffrirais beaucoup; et moi, je ne peux venir, car la maison que je me suis tissée est toute fermée, et ce n'est point ainsi que j'en sortirai.

Alors Monelle mit ses bras autour de mon cou, et son baiser fut pareil, chose étrange, à ceux d'autrefois, et voilà pourquoi je pleurai encore, et elle essuya mes larmes avec ses cheveux.

—Il ne faut pas pleurer, dit-elle, si tu ne veux m'affliger dans mon attente; et peut-être n'attendrai-je pas si longtemps. Ne sois donc plus désolé. Car je te bénis de m'avoir aidée à dormir dans ma petite niche soyeuse dont la meilleure soie blanche est faite de toi, et où je dors maintenant, roulée sur toi-même.

Et comme autrefois, dans son sommeil, Monelle se pelotonna contre l'invisible et me dit: «Je dors, mon aimé».

Ainsi, je la trouvai; mais comment serai-je sûr de la retrouver dans ce lieu très étroit et obscur?

DE SON ROYAUME

Je lisais cette nuit-là, et mon doigt suivait les lignes et les mots; mes pensées étaient ailleurs. Et autour de moi tombait une pluie noire, oblique et acérée. Et le feu de ma lampe éclairait les cendres froides de l'âtre. Et ma bouche était pleine d'un goût de souillure et de scandale; car le monde me semblait obscur et mes lumières étaient éteintes. Et trois fois je m'écriai:

—Je voudrais tant d'eau bourbeuse pour étancher ma soif d'infamie.

«O je suis avec le scandaleux: tendez vos doigts vers moi!

«Il faut les frapper de boue, car ils ne me méprisent point.

«Et les sept verres pleins de sang m'attendront sur la table et la lueur d'une couronne d'or étincellera parmi.»

Mais une voix retentit, qui ne m'était point étrangère, et le visage de celle qui parut ne m'était point inconnu. Et elle criait ces paroles:

—Un royaume blanc! un royaume blanc! je connais un royaume blanc!

Et je détournai la tête et lui dis, sans surprise:

—Petite tête menteuse, petite bouche qui ment, il n'est plus de rois ni de royaume. Je désire vainement un royaume rouge: car le temps est passé. Et ce royaume-ci est noir, mais ce n'est point un royaume; car un peuple de rois ténébreux y agitent leurs bras. Et il n'y a nulle part dans le monde un royaume blanc, ni un roi blanc.

Mais elle cria de nouveau ces paroles:

—Un royaume blanc! un royaume blanc! je connais un royaume blanc!

Et je voulus lui saisir la main; mais elle m'éluda.

—Ni par la tristesse, dit-elle, ni par la violence. Cependant il y a un royaume blanc. Viens avec mes paroles; écoute.

Et elle demeura silencieuse; et je me souvins.

—Ni par le souvenir, dit-elle. Viens avec mes paroles; écoute.

Et elle demeura silencieuse; et je m'entendis penser.

—Ni par la pensée, dit-elle. Viens avec mes paroles; écoute.

Et elle demeura silencieuse.

Alors je détruisis en moi la tristesse de mon souvenir, et le désir de ma violence, et toute mon intelligence disparut. Et je restai dans l'attente.

—Voici, dit-elle, et tu verras le royaume, mais je ne sais si tu y entreras. Car je suis difficile à comprendre, sauf pour ceux qui ne comprennent pas; et je suis difficile à saisir, sauf pour ceux qui ne saisissent plus; et je suis difficile à reconnaître, sauf pour ceux qui n'ont point de souvenir. En vérité, voici que tu m'as, et tu ne m'as plus. Écoute.

Alors j'écoutai dans mon attente.

Mais je n'entendis rien. Et elle secoua la tête et me dit:

—Tu regrettes ta violence et ton souvenir, et la destruction n'en est point achevée. Il faut détruire pour obtenir le royaume blanc. Confesse-toi et tu seras délivré; remets entre mes mains ta violence et ton souvenir, et je les détruirai; car toute confession est une destruction.

Et je m'écriai:

—Je te donnerai tout, oui, je te donnerai tout. Et tu le porteras et tu l'anéantiras, car je ne suis plus assez fort.

J'ai désiré un royaume rouge. Il y avait des rois sanglants qui affilaient leurs lames. Des femmes aux yeux noircis pleuraient sur des jonques chargées d'opium. Plusieurs pirates enterraient dans le sable des îles des coffres lourds de lingots. Toutes les prostituées étaient libres. Les voleurs croisaient les routes sous le blême de l'aube. Beaucoup de jeunes filles se gavaient de gourmandise et de luxure. Une troupe d'embaumeuses dorait des cadavres dans la nuit bleue. Les enfants désiraient des amours lointaines et des meurtres ignorés. Des corps nus jonchaient les dalles des étuves chaudes. Toutes choses étaient frottées d'épices ardentes et éclairées de cierges rouges. Mais ce royaume s'est enfoncé sous la terre, et je me suis éveillé au milieu des ténèbres.

Et alors j'ai eu un royaume noir qui n'est pas un royaume: car il est plein de rois qui se croient des rois et qui l'obscurcissent de leurs œuvres et de leurs commandements. Et une sombre pluie le trempe nuit et jour. Et j'ai erré longtemps par les chemins, jusqu'à la petite lueur d'une lampe tremblante qui m'apparut au centre de la nuit. La pluie mouillait ma tête; mais j'ai vécu sous la petite lampe. Celle qui la tenait se nommait Monelle, et nous avons joué tous deux dans ce royaume noir. Mais un soir la petite lampe s'est éteinte et Monelle s'est enfuie. Et je l'ai cherchée longtemps parmi ces ténèbres: mais je ne puis la retrouver. Et ce soir je la cherchais dans les livres; mais je la cherche en vain. Et je suis perdu dans le royaume noir; et je ne puis oublier la petite lueur de Monelle. Et j'ai dans la bouche un goût d'infamie.

Et sitôt que j'eus parlé, je sentis que la destruction s'était faite en moi, et mon attente s'éclaira d'un tremblement et j'entendis les ténèbres et sa voix disait:

—Oublie toutes choses, et toutes choses te seront rendues. Oublie Monelle et elle te sera rendue. Telle est la nouvelle parole. Imite le tout petit chien, dont les yeux ne sont pas ouverts et qui cherche à tâtons une niche pour son museau froid.

Et celle qui me parlait cria:

—Un royaume blanc! un royaume blanc! je connais un royaume blanc!

Et je fus accablé d'oubli et mes yeux s'irradièrent de candeur.

Et celle qui me parlait cria:

—Un royaume blanc! un royaume blanc! Je connais un royaume blanc!

Et l'oubli pénétra en moi et la place de mon intelligence devint profondément candide.

Et celle qui me parlait cria encore:

—Un royaume blanc! un royaume blanc! Je connais un royaume blanc! Voici la clef du royaume: dans le royaume rouge est un royaume noir; dans le royaume noir est un royaume blanc; dans le royaume blanc...

—Monelle, criai-je, Monelle! Dans le royaume blanc est Monelle!

Et le royaume parut; mais il était muré de blancheur.

Alors je demandai:

—Et où est la clef du royaume?

Mais celle qui me parlait demeura taciturne.

DE SA RÉSURRECTION

Louvette me conduisit par un sillon vert jusqu'à la lisière du champ. La terre s'élevait plus loin, et à l'horizon une ligne brune coupait le ciel. Déjà les nuages enflammés penchaient vers le couchant. A la lueur incertaine du soir, je distinguai de petites ombres errantes.

—Tout à l'heure, dit-elle, nous verrons s'allumer le feu. Et demain, ce sera plus loin. Car ils ne demeurent nulle part. Et ils n'allument qu'un feu en chaque endroit.

—Qui sont-ils? demandai-je à Louvette?

—On ne sait pas. Ce sont des enfants vêtus de blanc. Il y en a qui sont venus de nos villages. Et d'autres marchent depuis longtemps.

Nous vîmes briller une petite flamme qui dansait sur la hauteur.

—Voilà leur feu, dit Louvette. Maintenant nous pourrons les trouver. Car ils séjournent la nuit où ils ont fait leur foyer, et le jour suivant ils quittent la contrée.

Et quand nous arrivâmes à la crête où brûlait la flamme, nous aperçûmes beaucoup d'enfants blancs autour du feu.

Et parmi eux, semblant leur parler et les guider, je reconnus la petite vendeuse de lampes que j'avais rencontrée autrefois dans la cité noire et pluvieuse.

Elle se leva d'entre les enfants, et me dit:

—Je ne vends plus les petites lampes menteuses qui s'éteignaient sous la pluie morne.

Car les temps sont venus où le mensonge a pris la place de la vérité, où le travail misérable a péri.

Nous avons joué dans la maison de Monelle; mais les lampes étaient des jouets et la maison un asile.

Monelle est morte; je suis la même Monelle, et je me suis levée dans la nuit, et les petits sont venus avec moi, et nous irons à travers le monde.

Elle se tourna vers Louvette:

—Viens avec nous, dit-elle, et sois heureuse dans le mensonge.

Et Louvette courut parmi les enfants et fut vêtue pareillement de blanc.

—Nous allons, reprit celle qui nous guidait, et nous mentons à tout venant afin de donner de la joie.

Nos jouets étaient des mensonges, et maintenant les choses sont nos jouets.

Parmi nous, personne ne souffre et personne ne meurt; nous disons que ceux-là s'efforcent de connaître la triste vérité, qui n'existe nullement. Ceux qui veulent connaître la vérité s'écartent et nous abandonnent.

Au contraire, nous n'avons aucune foi dans les vérités du monde; car elles conduisent à la tristesse.

Et nous voulons mener nos enfants vers la joie.

Maintenant, les grandes personnes pourront venir vers nous, et nous leur enseignerons l'ignorance et l'illusion.

Nous leur montrerons les petites fleurs des champs, telles qu'ils ne les ont point vues; car chacune est nouvelle.

Et nous nous étonnerons de tout pays que nous verrons; car tout pays est nouveau.

Il n'y a point de ressemblances en ce monde, et il n'y a point de souvenirs pour nous.

Tout change sans cesse, et nous nous sommes accoutumés au changement.

Voilà pourquoi nous allumons un feu chaque soir dans un endroit différent; et autour du feu nous inventons pour le plaisir de l'instant les histoires des pygmées et des poupées vivantes.

Et quand la flamme s'est éteinte, un autre mensonge nous saisit; et nous sommes joyeux de nous en étonner.

Et le matin nous ne connaissons plus nos visages: car peut-être que les uns ont désiré apprendre la vérité et les autres ne se souviennent plus que du mensonge de la veille.

Ainsi nous passons à travers les contrées, et on vient vers nous en foule et ceux qui nous suivent deviennent heureux.

Alors que nous vivions dans la ville, on nous contraignait au même travail, et nous aimions les mêmes personnes; et le même travail nous lassait, et nous nous désolions de voir les personnes que nous aimions souffrir et mourir.

Et notre erreur était de nous arrêter ainsi dans la vie, et, restant immobiles, de regarder couler toutes choses, ou d'essayer d'arrêter la vie et de nous construire une demeure éternelle parmi les ruines flottantes.

Mais les petites lampes menteuses nous ont éclairé le chemin du bonheur.

Les hommes cherchent leur joie dans le souvenir, et résistent à l'existence, et s'enorgueillissent de la vérité du monde, qui n'est plus vraie, étant devenue vérité.

Ils s'affligent de la mort, qui n'est pourtant que l'image de leur science et de leurs lois immuables; ils se désolent d'avoir mal choisi dans l'avenir qu'ils ont calculé suivant des vérités passées, où ils choisissent avec des désirs passés.

Pour nous, tout désir est nouveau et nous ne désirons que le moment menteur; tout souvenir est vrai, et nous avons renoncé à connaître la vérité.

Et nous regardons le travail comme funeste, puisqu'il arrête notre vie et la rend semblable à elle-même.

Et toute habitude nous est pernicieuse; car elle nous empêche de nous offrir entièrement aux mensonges nouveaux.

Telles furent les paroles de celle qui nous guidait.

Et je suppliai Louvette de revenir avec moi chez ses parents; mais je vis bien dans ses yeux qu'elle ne me reconnaissait plus.

Toute la nuit, je vécus dans un univers de songes et de mensonges et j'essayai d'apprendre l'ignorance et l'illusion et l'étonnement de l'enfant nouveau-né.

Puis les petites flammes dansantes s'affaissèrent.

Alors, dans la triste nuit, j'aperçus des enfants candides qui pleuraient, n'ayant pas encore perdu la mémoire.

Et d'autres furent pris soudainement par la frénésie du travail, et ils coupaient des épis et les liaient en gerbes dans l'ombre.

Et d'autres, ayant voulu connaître la vérité, tournèrent leurs petites figures pâles vers les cendres froides, et moururent frissonnants dans leurs robes blanches.

Mais quand le ciel rose palpita, celle qui nous guidait se leva et ne se souvint pas de nous, ni de ceux qui avaient voulu connaître la vérité, et elle se mit en marche, et beaucoup d'enfants blancs la suivirent.

Et leur bande était joyeuse et ils riaient doucement de toutes choses.

Et lorsque le soir arriva, ils bâtirent de nouveau leur feu de paille.

Et de nouveau les flammes s'abaissèrent, et vers le milieu de la nuit les cendres devinrent froides.

Alors Louvette se souvint, et elle préféra aimer et souffrir, et elle vint près de moi avec sa robe blanche, et nous nous enfuîmes tous deux à travers la campagne.

IL LIBRO DELLA MIA MEMORIA

LA «RUBRIQUE» DES IMAGES

In quella parte del libro della mia memoria, dinanzi alla quale poco si potrebbe leggere, si trova una rubrica…

DANTE D'ALIGHIERI.

I
LE CHRIST AU ROSSIGNOL

Le Vendredi-Saint.

Le Christ est sur la croix, agonisant.

Les disciples, terrifiés, se sont enfuis.

Marie est retournée, épuisée de larmes.

Il doit ressusciter.

Mais ce n'est pas lui qui ressuscite.

Les disciples en ont trouvé un autre, qui lui ressemble;

C'est celui-là qui apparaîtra à Marie, à Madeleine, et aux pélerins incrédules.

Le Christ est abandonné.

Il va mourir sur la croix, dans une lande brûlée, où il y a des ravins comblés de ronces.

C'est le dimanche matin.

Voici que l'imposteur a resurgi, et le Christ, dans son agonie, entend la rumeur au lointain et les voix joyeuses qui chantent: *Kyrie eleison*.

Puis tout est silencieux encore.

Le silence nouveau du saint dimanche.

Alors paraît au bord d'un trou pierreux un petit lièvre.

Et sur la branche d'une ronce un petit rossignol vient et regarde.

Et le petit rossignol parle à Jésus.

II
LE SOUVENIR D'UN LIVRE

Le souvenir de la première fois où on a lu un livre aimé se mêle étrangement au souvenir du lieu et au souvenir de l'heure et de la lumière. Aujourd'hui comme alors, la page m'apparaît à travers une brume verdâtre de décembre, ou éclatante sous le soleil de juin, et, près d'elle, de chères figures d'objets et de meubles qui ne sont plus. Comme, après avoir longtemps regardé une fenêtre, on revoit, en fermant les yeux, son spectre transparent à croisières noires, ainsi la feuille traversée de ses lignes s'éclaire, dans la mémoire, de son ancienne clarté. L'odeur aussi est évocatrice. Le premier livre que j'eus me fut rapporté d'Angleterre par ma gouvernante. J'avais quatre ans. Je me souviens nettement de son attitude et des plis de sa robe, d'une table à ouvrage placée vis-à-vis de la fenêtre, du livre à couverture rouge, neuf, brillant, et de l'*odeur* pénétrante qu'il exhalait entre ses pages: une odeur âcre de créosote et d'encre fraîche que les livres anglais nouvellement imprimés gardent assez longtemps. De ce livre je reparlerai plus tard: j'y ai appris à lire. Mais son odeur me donne encore aujourd'hui le frisson d'un nouveau monde entrevu, et la faim de l'intelligence. Encore aujourd'hui je ne reçois pas d'Angleterre un livre nouveau que je ne plonge ma figure entre ses pages jusqu'au fil qui le broche, pour humer son brouillard et sa fumée, et aspirer tout ce qui peut rester de ma joie d'enfance.

III
LE LIVRE ET LE LIT

Lire dans son lit est un plaisir de sécurité intellectuelle mêlée de bien-être. Mais il change de nature avec l'âge.

Souvenez-vous de la page la plus intéressante du gros roman que vous dévoriez après coucher, le soir, vers quinze ans, dans le moment où elle se brouille, s'assombrit, s'efface, tandis que la bougie brûlée à fond crépite, palpite bleue dans le bougeoir et s'éteint. Je m'éveillais le matin avant cinq heures pour tirer de leur cachette sous mon traversin les petits livres à cinq sous de la Bibliothèque Nationale. C'est là que j'ai lu les *Paroles d'un croyant* de Lamennais, et l'*Enfer* de Dante. Je n'ai jamais relu Lamennais; mais j'ai l'impression d'un terrible souper de sept personnages (si j'ai bonne mémoire) où résonnait comme un son de fer fatal, que je reconnus plus tard dans un conte de Poe. Je mettais le petit livre sur l'oreiller pour recevoir la première pauvre lumière du jour; et, couché sur le ventre, le menton soutenu par les coudes, j'aspirais les mots. Jamais je n'ai lu plus délicieusement. Il n'y a pas longtemps que j'ai essayé, un soir, de reprendre ma vieille position de cinq heures. Elle m'a paru insupportable.

Une charmante dame slave se plaignait un jour devant moi de n'avoir jamais trouvé la position «idéale» pour lire. Si on s'assied à une table, on ne se sent pas en «communion» avec le livre; si on s'en approche, la tête entre les mains, il semble qu'on s'y noie, dans une sorte d'afflux sanguin. Dans un fauteuil, le livre pèse vite. Au lit, sur le dos, on prend froid aux bras; souvent la lumière est mauvaise; il y a de la gêne pour tourner les pages et, sur le côté, la moitié du livre échappe: ce n'est plus la véritable possession.

Voilà pourtant où il faut se résoudre. «C'est détestable pour les yeux», disent les bonnes gens. Ce sont de bonnes gens qui n'aiment point lire.

Seulement l'âge diminue le plaisir de l'acte défendu où on ne sera pas surpris, et de la sécurité où toutes les audaces de la fantaisie peuvent danser à l'aise. Restent la solitude douillette et tiède, le silence de la nuit, la dorure voilée que donne sous la lampe aux idées et aux meubles luisants l'approche du sommeil, la joie sûre d'avoir à soi, près de son cœur, le livre qu'on aime. Quant à ceux qui lisent au lit, «contre l'insomnie», ils me font l'effet de pleutres, admis à la table des dieux et qui demanderaient à prendre le nectar en pilules.

IV
LES «HESPÉRIDES»

Lire Herrick, c'est lire des abeilles et du lait. Les mots sont luisants d'huile de fleurs, frottés de nard et diaprés de gouttelettes parfumées. Ses vers volent à l'éternité avec de petites ailes d'or battu. Il ne faut pas plus qu'ouvrir les *Hespérides* et y tremper vite les yeux comme dans une vapeur de benjoin. Toute ligne apparue est peinte d'odeur qu'on hume du regard. Cire vierge et givre, riche pollen de pistils, nacre de papillons, pulpe de marguerites rosées. Sa tête frisée et aquiline, toute convergente vers la bouche, soufflait des bulles d'or. Il était ivre d'un vin qui pétillait en mousse de poésie. Buvez ses chansons dans des lacrymatoires de verre très mince. Pour une seconde vous serez entouré du printemps le plus blanc et de l'été le plus jaune. Mais ne lisez pas longtemps: vous seriez noyé dans un océan de roses.

V
ROBINSON, BARBE-BLEUE ET ALADDIN

Le plus haut plaisir du lecteur, comme de l'écrivain, est un plaisir d'hypocrite. Quand j'étais enfant, je m'enfermais au grenier pour lire un voyage au Pôle Nord, en mangeant un morceau de pain sec trempé dans un verre d'eau. Probablement j'avais bien déjeuné. Mais je me figurais mieux prendre part à la misère de mes héros.

Le vrai lecteur construit presque autant que l'auteur: seulement il bâtit entre les lignes. Celui qui ne sait pas lire dans le blanc des pages ne sera jamais bon gourmet de livres. La vue des mots comme le son des notes dans une symphonie amène une procession d'images qui vous conduit avec elles.

Je vois la grosse table mal équarrie où mange Robinson. Mange-t-il du chevreau ou du riz? Attendez... nous allons voir. Tiens, il s'est fait un plat tout rond, en terre rouge. Voilà le perroquet qui crie: on lui donnera tout à l'heure un peu de blé nouveau. Nous irons en voler dans le tas de réserve, sous l'appentis. Le rhum que Robinson buvait, quand il était malade, était dans une grosse bouteille noire, avec des côtes. Le mot *«fowling piece»* (pièce à volailles), que je ne comprenais pas trop me donnait les imaginations les plus extraordinaires sur le fusil de Robinson. (Longtemps je me suis figuré que les «icoglans stupides» des *Orientales* étaient une espèce de caméléons. Encore aujourd'hui je fais violence à ma fantaisie pour lui persuader que ce ne sont que des gendarmes).

Comment était faite la lampe d'Aladdin? A mon idée, un peu comme les lampes à huile de notre salle d'études. Aussi étais-je anxieux de la manière dont s'y prendrait Aladdin pour la vider. L'endroit où il fallait la frotter avec du sable fin—les mots ne sont nulle part dans le texte, mais je ne puis les en dissocier, et c'est encore avec du sable fin que la femme de Barbe-Bleue essaye d'effacer la tache de sang sur la clef—se trouvait quelque part sur le renflement du ventre en métal. Je sais maintenant que la lampe d'Aladdin était une lampe de cuivre, à bec, toute ronde et ouverte, comme les lampes grecques et arabes; mais je ne la «vois» plus.

Revenons à la clef de Barbe-Bleue. Ce qui m'y plaisait c'est qu'elle était «fée», chose qui m'intriguait prodigieusement. Je n'y comprenais rien. Mais j'y pensais bien souvent. Hélas! c'est une faute d'impression devenue traditionnelle. Dans l'ancienne édition (elle est bien rare) vous lirez que la clef était «fée»—*fata*,—enchantée, qu'on y avait fait œuvre de fée. C'est très clair: seulement je ne peux plus y rêver.

La pantoufle de verre de Cendrillon,—comme ce verre me paraissait précieux, translucide, délicatement filé, à la manière des petits bougeoirs de Venise avec lesquels nous avions joué,—la pantoufle est en étoffe, en *vair*. Je ne la «vois» plus du tout.

Je me figurais avec une grande précision les olives vertes et luisantes, saupoudrées avec de la poudre d'or dans les vases de Camaralzaman; le mur un peu délabré, veiné de lierre, gris de mousse, empli de soleil, au pied duquel le prince travaillait chez le jardinier; la boutique de Brededdin Hassan, devenu pâtissier; l'arête fixée dans la gorge du petit bossu; le gros livre empoisonné avec ses pages collées l'une contre l'autre et la tête de Durban soudée à la couverture de cuir brun du livre par le sang figé, comme un bout de bougie sur du suif glacé… Chères, chères images dont j'aime tant à revoir les couleurs quand je les trouve sous leur rubrique *nel libro della mia memoria*.

www.ingramcontent.com/pod-product-compliance
Ingram Content Group UK Ltd.
Pitfield, Milton Keynes, MK11 3LW, UK
UKHW040733190225
455309UK00004B/266